成长之书

你是最优秀的骑士

李兴海 ◎ 主编

吉林出版集团股份有限公司
全国百佳图书出版单位

图书在版编目（CIP）数据

你是最优秀的骑士 / 李兴海主编． -- 长春：吉林出版集团股份有限公司，2018.11(2021.5重印)

ISBN 978-7-5581-5945-9

Ⅰ．①你… Ⅱ．①李… Ⅲ．①散文集－中国－当代 Ⅳ．① I267

中国版本图书馆CIP数据核字（2018）第256537号

CHENGZHANGZHISHU NISHIZUI YOUXIU DE QI SHI
成长之书：你是最优秀的骑士

李兴海 / 主编

出版人	齐 郁
责任编辑	张婷婷
装帧设计	张振东
出　　版	吉林出版集团股份有限公司
发　　行	吉林出版集团青少年书刊发行有限公司
地　　址	长春市福社大路5788号（130118）
电　　话	0431-81629800
印　　刷	天津海德伟业印务有限公司
版　　次	2018年12月第1版 2021年5月第2次印刷
字　　数	160千字
开　　本	720mm×1000mm 1/16
印　　张	10
书　　号	ISBN 978-7-5581-5945-9
定　　价	32.00元

版权所有·翻印必究

在阅读中享受最美好的青春

20岁时,我第一次去凤凰,不为古镇美景,只为能与偶居夺翠楼的黄永玉先生见上一面。

时逢雨季,沱江奔啸,烟涛微茫信难求。苦待数日,仍没能等到想见之人。

我在清冷的雨丝中独自徘徊,满心失落。无意中走进一家书店,里面尽是沈从文先生的作品。无处可去,只好在僻幽的角落里翻阅旧籍,而后便一发而不可收。

回程当日,总觉有重要的东西遗落城中,寻思许久,才跑去那条巷子里的书店买了本泛黄的《边城》。这本有着深蓝小印戳的《边城》至今仍安躺于我的书柜里——它不仅使我在未果的行程中获得些许补偿,更让我在之后的时光无比怀念20岁的自己。

再后来,我与书结下了不解之缘。不但自己看书写书,更领着诸多热爱文学的人走上了自己想走的路。

我经常对学生们说,阅读是写作的命脉,只有不断阅读,才能保持创作角度的新颖和思维的敏捷。然而,阅读所赐予我们的又何止这些?

不管在何时何地,只要我手中捧着一本书,心里便会觉得安然。书不但能排遣无聊和寂寞,将岁月的伤口逐一缝补,还能把心灵淬炼成一块玲珑美玉。

爱书之人，必是睿智且沉稳的，遇事不惊，处之泰然。古人所说的"腹有诗书气自华"便是这个意思。

经常看书和沉迷在网游世界的心灵绝对是不一样的，前者往往更能体悟"一叶一菩提"的真谛。书本给予心灵的力量，是不可言喻的。十年寒窗，说的并不是读书人的艰辛，而是意在表述读书人的坚忍和不懈。试问，有多少人可以在寒窗下十年如一日地重复做一件事情呢？

曹文轩老师曾说"世间最优雅的姿态就是阅读"，不论静坐还是倾卧，甚至在卫生间里，它都是最美的姿态。因为这样的人，通常都会从骨子里散发出一种极具亲和力的书卷气。

阅读人物，通晓历史，可由他人鉴知自己得失；阅读杂文，百味世事，可在辛言辣语中澡雪精神；阅读情感，温热肺腑，可居书香浓情里滋养心灵；阅读故事，体会人生，可于静谧岁月中倾情流泪……

每一种书，都是风景；每一本书，都是亟待窥破的秘密。

宋朝诗人黄庭坚有一句名言："三日不读书，则义理不交于胸中，对镜觉面目可憎，向人亦语言无味。"这其中说的，就是每日读书的重要性。

这套图书，所遵循的就是这个简单的理论。通过遴选当下不同类型的精华文章，给读者以不同的心灵养分。为了能找到年度最精华的文章，为了给读者省去寻找的冗长时间，我们几乎把近年的期刊翻了个遍。目的就是为了去其糟粕，取其精华。

我们的宗旨只有一个，就是为这个时代的读者奉献好书。

但愿我们可以放慢匆乱的步伐，一起在欢愉的阅读中，享受青春，优雅前行。

李兴海

2018年4月

目录

认识你是件美妙的事

快递 /梅子涵	2
那个"女英雄"一样的女孩 /太子光	5
认识你是件美妙的事 /龙岩阿泰	12
在飘雨的青春，与你擦肩而过 /罗光太	17
春天来了，友谊要开花 /冠一豸	22
青春的孤单有你相陪 /安宁	27

蔷薇花开须臾间

那个孔雀一样骄傲的女生 /安一心	34
蔷薇花开须臾间 /一路开花	38
谁的青春没秘密 /张亚凌	52
将青春的承诺载出天涯 /杨宝妹	55
三百天的青春战役 /李白	60

每个脚印都是诗

卡布奇诺的甜 / 李良旭	66
每个脚印都是诗 / 陈格致	69
在青春里呼啸而过的倒洒金泉 / 一路开花	73
守灯 / 侯发山	79
你不是一棵小草 / 张以进	82

海是一座没有围墙的城

我很在乎你 / 罗光太	86
生命中的那场流星雨 / 明至尊	91
海是一座没有围墙的城 / 一路开花	94
相逢在青春小站 / 阿杜	110
秋日竹林旁那个吹口哨的男生 / 安宁	115
开往年少时的寂寞公交 / 安宁	121

温柔的雨夜，你会想起谁

信手推窗，偏见明月 / 庐江布衣	128
送花的少年 / 江北笑笑生	131
你是我的上上签 / 缪晓俊	133
温柔雨夜，你会想起谁 / 魏樱樱	137
雷电先生，你一定要幸福 / 连小芳	142
那个经常被我"欺负"的男孩 / 何罗佳	148

认识你是件美妙的事

　　我望着与妈妈情同母女的石敏，心生感慨：人与人之间或许真的有缘分，就像我和石敏，石敏和我妈妈。石敏说，遇见我们是上天赐给她的一份大礼，而我们遇见她何尝不是件美妙的事呢！

快递

梅子涵

这一天,我在三楼的书房里看着书睡着了。如果没有睡着,下面的故事就不会发生。

在我睡着的时候发生了什么?没听到门铃声!没听到快递员打给我的电话!不过当手机铃声再次响起时,我醒了。

"你在家吗?看看我打了多少个电话给你!我打到现在没有停过!"声音里充满怒火。

"对不起,对不起,我刚才睡着了,没听见。"我反复解释。

"你们上海人都不接电话的!"他大喊着,"你不要说了,你现在下来!"他的声音非常响,已经无理得"不成体统",任何一个被送快递的人听见都不可能耐得住性子。

我的火终于腾地蹿上来,那蹿上来的声音我几乎听得见。我飞快地下楼,我要去问问他想干什么,他这是在送快递吗?是不是准备拼命?二楼,一楼,我飞快地走,可是我也极力地压抑自己的怒火,不让它蹿成歇斯底里。我怒火万丈,可是我对自己说:不要吵架,没什么意思,歇斯底里会不成体统。二楼,一楼,我走得快,结果火竟然也被我阻挠得快、散得快,等我打开大门的时候，已经没有什么火气了。从三楼到一楼的过程，我把自己锤炼了一次。

但是那个大喊的声音想吵。他站在门口，他的脸上只有怒火！

"你好，"我说，"很对不起，我睡着了，没有听见电话响。"我还说了些别的话，表达歉意，也想表示友好。

可是他的气不消。最后，当他把一包书递给我，把签收单扔给我，喊叫着对我说"你签名"的时候，我锤炼好的克制又一次被粉碎，火腾地重新蹿上来！

"我不会签的！"我大叫，"你打电话给你们老板，让他和我说话！"

我终于还是歇斯底里了，锤炼的成果很容易被抛弃。我歇斯底里的时候哪里像个教授，只要歇斯底里，人人都是一个"面貌"！

他说他不要签收单了，跳上助动车开了就走。他就像一团烈火，是滚动着离开的。

我站在门口大口喘气，整个上午，甚至这一天，仿佛即将被毁坏。

故事是可以到此为止的。可是我没有回到房里，而是去追那团烈火了，我也像一团烈火似的去追他。我自以为是地要他必须向我道歉，我心里的怒火就像是脚底的轮子，可笑极了。

我们的小区很大，可是我竟然追到了他。他已经到了另外一家的门口，他的助动车停在樟树下，正在和这一家的女主人吵架！女主人说："你什么态度！"

我幸灾乐祸地说："你看你，刚才和我吵，跑到这儿又吵，你很喜欢吵架！"

他没有理我，有些沮丧地回到助动车前，上了车。也许他也在懊悔：我怎么又吵架了。

这时，我才看见，他的头上有好多汗！

他被晒得很黑，其实他大概只有二十出头的年龄。

我二十出头的时候，正在一个农场当知青，也被晒得很黑。

那时，我不能再读书，他现在也读不了书，干着这样一份按人家门铃、打别人手机，别人却可能没有听见的职业。

我用手擦擦他额头上的汗，问："你热吗？"

他没有避开我的手，猛然流泪了，大滴地落下来。

我突然觉得，自己像一个父亲在抚摸孩子。他的年龄应该比我的女儿还小些，是应该叫我女儿姐姐的。我的女儿正在法国读文学博士，而他呢，骑着助动车，把一包我喜欢的文学书给我送来。

我有些难受起来。

我摸摸他握着车把的手，说："我刚才态度不好，谢谢你为我送快递。你一个人在外面工作，要照顾好自己，让父母放心。上海人都很感激你们的！"

这么说着，我也流泪了。

当心里觉得温暖、充满情感和爱的时候，人人也都会是一个"样子"。

这个上午没有被毁掉，我们挽救了它。他离开的时候说："我走了。"我说："你骑得慢一点儿。"我们竟然有些像亲人告别。

后来，他又来送过一次快递。他有点儿害羞地站在门外，我对他说："是你啊！你好吗？"

那以后，我再没有见到他。我很想他再来为我送快递，我还会对他说："是你啊！你好吗？"

那个"女英雄"一样的女孩

太子光

一

安冬妮是我初中时的同学。其实在我们成为朋友之前,我挺讨厌她的。安冬妮很泼辣,她不仅会和女生吵架,就连和男生打架的事也干过,而且完全不示弱。

我作为品学兼优的学生代表,和"刺头"安冬妮完全不是一路人。我看不惯她,一个女生没有女生的样子。同样的校服,别人都是规规矩矩地穿在身上,她倒好,要么衣服翻过来穿,要么把校服绑在身上,弄得皱巴巴的,像团腌菜干。她还喜欢哗众取宠、引人关注。我觉得她像个小丑,她却自我感觉良好。

班上的同学都在排斥她,如果是我,我会低调做人、认真做事,用实际行动赢得别人的认可和尊重,但安冬妮却是变本加厉。她飞扬跋扈,毫不收敛,跟同学争争吵吵,在课堂上顶撞老师。班上的女生没人和她说话,怕被她黏上甩不掉,男生更是对她退避三舍。

在我成为她的同桌之前,我们井水不犯河水,各过各的,倒也相安无事。

我讨厌她,但没有直接和她发生过冲突,彼此就是最普通的同学,见面也不打招呼。班上63个人,除了安冬妮外,我和其他同学的关系都还处得不错。

我是个很乖的学生,老师说我"稳重"。可能和家庭教育有关吧,我从小循规蹈矩,根本没做过"出格"的事,见识到安冬妮这样的女生,真是让我"大开眼界"。

二

初三时,班上转来一个新同学,原本老师为了不让安冬妮影响其他同学而安排她独占一桌的情形只能结束。新来的转校生很矮,只能坐在第一排,其他同学没人愿意和安冬妮同桌,老师很为难,左思右想后决定调我去和安冬妮同桌。

这简直是晴天霹雳,我怔住了,心里很矛盾,我不想和安冬妮同桌,但又不想让老师为难。最让我没想到的是安冬妮,她居然站起来鼓掌欢迎我,笑成了一朵花,还大声嚷嚷:"我最想和一灿同桌了,他人帅成绩又好,谢谢老师!我以后一定好好学习。"

教室里一阵哄堂大笑,安冬妮很得意,我却窘迫得满脸通红。老师课后特意来做我的思想工作,说唯有我不会受安冬妮影响,还说有可能把她带好。老师说了很多,表扬我的话说了一箩筐,让我不得不接受这样的安排。

我坐在安冬妮身旁,对她视而不见,无论她课上做什么,我都不理睬,眼睛只盯着黑板。我上课一直都很认真,总是在思考老师提的问题。安冬妮捅了我的手臂好几次,我没搭理她,直到下课我才严肃地瞪着她说:"不打扰别人是一种礼貌,你不知道吗?希望以后我们互不打扰!"

"我们是同桌呀,我有个问题没听懂,想问你。"安冬妮一副天真烂漫的样子。"我不是你的辅导员,你懂不懂和我没关系,更不要在上课时问我。"我根本不理她的示好。"原来你和他们一样坏,看不起我,你有什么了不起呀?亏我还把你想的和别人不一样。"安冬妮见我板着脸,一副拒人于千里之外的表情,突然就情绪失控,大声尖叫起来。

"疯子！"我见状，丢下一句话，不再理她。安冬妮却是一个劲儿地扯我的手，质问我凭什么骂她疯子。我用力甩开她的手，一脸嫌弃地对她说："都这么大的人了，你怎么还这样？"

我的冷淡，我的拒绝，她应该是感受到了。她虽然接连向我示好，但我当她是空气，根本不想正眼看她。可能她也自觉没趣吧，有几天，她没再打扰我，我难得落个清静。

三

一个周末，老爸出差，老妈要我陪她逛街。我最烦陪老妈逛街了，她总会没完没了地买东西，让我拎得手酸。可我又拒绝不了老妈的请求，特别是她盯着我，撒娇说："好不好呀，儿子，你陪老妈去逛逛。有你这个帅哥陪在老妈身边，我才有安全感。"

这样的请求不容拒绝，我只好答应。我们家人的关系很亲密，父母对我就像朋友，彼此间常会开各种玩笑。我自己也觉得奇怪，离开家人，和别人相处时，我会比较冷淡，话不多，给人感觉"稳稳当当"，只有在家人面前，我才会露出自己的真性情。

陪老妈逛了半天，准备去吃午饭时，老妈提议去吃上海菜，而我想吃香辣的川菜。老妈为了说服我，说了种种川菜的缺点，还说再吃辣的我脸上得长痘痘了。我就是想吃辣子鸡，喜欢川菜又麻又辣的味道，于是在她面前撒起娇来。

在老妈面前，我是个没长大的男孩，为了说服她，撒娇是自然而然的事。老妈就吃我这一套，百试百灵。只是我万万没想到，安冬妮会突然出现在我面前，当她走过来，一脸诧异地叫"罗一灿，你好"时，我觉得整个人都不好了。

她的脸上明明白白地写着"不可思议"四个大字。看见她，我窘迫得满脸通红，浑身不自在。

"是你的同学吗？"老妈挽着我的手问。我不经意地挣脱老妈的手，尴尬地介绍："妈，这是我同学安冬妮。"心里期待着安冬妮赶紧走人，可是她却像是故意的，不仅没走，还微笑起来，对我妈说："阿姨好！我是一灿的新同桌，我叫安冬妮。"装得好淑女，可是我知道她是什么样的人，感觉好怪异。

安冬妮和我妈说话时，目光时不时往我脸上瞟，一副神秘莫测的样子，搞得我直心虚。我在外人面前从来都是一本正经的，没想到，在老妈面前撒娇的样子却被她看见了，真是窘得想挖个地洞钻进去。

"阿姨，再见！"安冬妮离开时，还对我眨了眨眼，害我一阵紧张。

四

在学校再看见安冬妮时，我便莫名心虚起来，感觉像是有什么把柄被她抓住了。她坐在我身旁，上课时，我总感觉有道目光一直盯在我身上，让我颇不自在。扭头一看，正是安冬妮，她正用一种探究的眼光打量我，看得我浑身鸡皮疙瘩都起来了。

"你干吗这样看我？"我第一次在课堂上主动与她说话。"好奇怪呀，我第一次看见男生这么大了还……"她欲言又止。"不要给我说出去！"我警告她。"你这是威胁我吗？除非你来求我，以前你还看不起我，哼哼！"安冬妮阴阳怪气地说道。

"安冬妮，你不要干扰罗一灿同学上课。"老师突然的指责激怒了安冬妮，她争辩道："老师，是他找我说话，我又没主动。""是吗？罗一灿同学会在课上找你说话？他从来都很认真的。"老师一脸不相信的表情。

"骗你干吗？又没好处。其实罗同学也有你所不知道的另一面，比如……"

我怕安冬妮把我在老妈面前撒娇的事说出来，想赶紧制止她，便站起来对老师解释是我在问她刚才的问题有没有听懂。老师听后，笑着让我们坐下。我松了口气，刚坐下来，安冬妮又扭过脸来，对我阴阳怪气地笑，笑得我一肚子郁闷。这个女生什么事都做得出来，现在我被她抓住把柄，她一定会折磨我。

虽然不是什么大事，但我并不想被同学知道，多难为情呀！我怎么说也是个顶天立地的男子汉。我很苦恼，不知道要如何说服安冬妮，我和她虽是同桌，但却不熟，而且我不想和她多说话。

安冬妮也不主动和我说话，就是常常莫名地盯着我看，似笑非笑，偶尔会自言自语地冒出一句："真没想到，好孩子气哟！太可爱了。"我狠狠地瞪她，恨不得用目光杀了她。她故作惊恐状，说："不要吓唬我，不然我会不小心说出口哟！"

五

我骑车回家时，心里有事，思想不集中，在街角拐弯处与一辆逆行的摩托车相撞。摩托车主是个野蛮的大叔，明明是他逆行，却怪我不知躲避。我的电动车挡板烂成几片，人摔在地上，膝盖和手掌都擦破皮了。

我第一次面对这样的事，面对满脸怒火的大叔，整个人都蔫了，不知如何替自己争辩。围观的人都以为我是"飙车族"，在指责我不对。那大叔见有人声援，更是把责任全推到我身上。就在我不知所措时，没想到，安冬妮出现了。

以我对安冬妮的了解，以为她会幸灾乐祸并且落井下石，但没想到，她却指着那位大叔说："你逆行没错吗？撞了人还推得一干二净！他的电动车都被你撞成啥样了？你的摩托车什么事都没有，叫警察来，你说了不算……"

此刻的安冬妮在我眼中就像一个神勇的女英雄，往日里我觉得她很泼辣，现在却觉得她义正词严。她口齿伶俐，几句话就把情势扭转了。围观的人开始指责大叔，说他不该逆向行驶。大叔知道自己是有错的，但他依然蛮横狡辩，只是声音越来越不硬气。

安冬妮打电话报了警。警察来时，那大叔彻底像泄了气的皮球，再也无从争辩。我不想把事情闹大，更不想让父母担心，于是在警察同志的调解下，大事化小了。

人群散去，安冬妮帮我扶起车子，她说："我陪你去医院看看吧！"我不敢看她，刚才面对凶神恶煞的大叔时我的怂样又被她看见了。见我没吭声，安冬妮又说："放心吧，我不会把刚才的事告诉别人。我知道你是乖乖男，第一次面对这样的事。"

她的承诺和理解让我放下心来，只是在她面前依旧很不好意思。我一直是看不起她的，觉得她泼辣，觉得她野蛮，但没想到，她竟然帮了我。一个男生被一个女生保护，这事让我无颜面对她。

"不要觉得不好意思，你和我不一样，我经常面对这样的事，习惯了……你是温室里长大的，又乖又善良，还那么帅。"

面对絮絮叨叨的安冬妮，我的脸绯红一片。哪有她这样的女生，当面把男生夸得面红耳赤，不过，我心里也窃喜不已。

六

我后来才知道，安冬妮是跟着奶奶长大的。她很小就没有了父亲，母亲改嫁，把她留下来。小时候被人嘲笑、欺负，她就奋起反抗，不仅会与人吵架，还会打架。没有人保护她，她只能靠自己。

她说她特别羡慕我，长得好看，还那么会读书。我红着脸说："我还羡慕你呢，那么勇敢。"

她瞪着我，不悦地嚷："你是想说我野蛮泼辣吧？我知道，你们在背后都这么说我，大家都把我当成'绝缘体'，虽然我很想和大家成为朋友。"

"我不是那个意思。"我争辩道。

"好啦好啦，我知道了，你没有觉得我野蛮。"她微笑着说，还做了个鬼脸。

成长环境的不同，让我们形成了不同的个性，就像安冬妮说的，我是温室里长大的好孩子。但听了她的故事后，我却不再觉得她一无是处了。其实，她也是个可爱的女孩。她想得到大家的关注，她想融入班集体，她想有自己的朋友，但以前，我们都戴着有色眼镜，生硬地把她推开了。

她的忧伤，她的心思，我以前不懂。我看不起她，觉得与她同桌是件悲催的事。但后来当我渐渐了解她后，才发现她是个能力很强的女生。她对人生有自己的看法，她有善良的一面，也有为了保护自己而显得泼辣的一面。

她不想被忽视，所有哗众取宠的行为只为得到别人的关注；她没有父母保护，只能把自己变成刺猬保护自己。我知道，她有些想法和做法是错误的，可是谁又是"完人"呢？她依旧是个善良的女孩。

我很庆幸，在初三这一年能够与安冬妮同桌。虽然刚开始我看不起她，不想搭理她，但后来经历了一些事情后，我改变了对她的看法，还与她成了可以敞开心扉谈心的好朋友。

人生路上，我们也许会殊途同归，唯有时光这面镜子从不说谎，见证着我们的友谊。她的样子一直盛开在我的记忆中——那个女英雄一样的女孩。

认识你是件美妙的事

龙岩阿泰

一

那年我 15 岁,是个矮小又自卑的男孩。面对一群已经发育良好的同学,我就像一只因错栖枝头而惶恐不安的鸟儿。

我在学校形单影只,从来没有朋友。我也不奢望有朋友,因为交朋友总要付出,而我没钱,也没时间,我只想努力读书,用好成绩安抚辛苦的母亲。我知道,爸爸病逝后,家里还欠着很多债,全靠妈妈一个人在支撑。我恨自己帮不上忙,除了用功读书,就只能每天放学回去时,先到菜市场买些便宜的青菜,然后赶回家煮饭。我承包了家里所有的家务,这样妈妈在外面辛苦一天回来后,才可以歇息一下。

妈妈是钟点工,每天早出晚归。她从来不告诉我她的辛苦和委屈,但我知道,妈妈很不容易。我不是不需要朋友,只是不敢奢望,我害怕别人无心的伤害,害怕被人同情。我以为日子会这样一直孤单下去,直到我认识了成绩一直与我并驾齐驱的石敏。

石敏是同年级的女生,在一起去参加全省中学生数学竞赛时,我才知道,那个一直和我竞争年级第一名的石敏居然是个漂亮又高挑的时尚女生。

二

石敏很漂亮，大家说她像刘亦菲。我不知道刘亦菲是谁，但我看见石敏时，总会脸红，埋下头不敢看她。她很高，穿得又时尚，在她面前，我就像只灰头土脸的小麻雀。

石敏很开朗，她看见我后，总会笑容盈盈地先打招呼，而我总是红着脸，匆匆低下头不敢看她。"真有意思，你居然脸红了，小男孩。"石敏逗我。我更是窘迫得无地自容。她叫我"小男孩"，有时还亲昵地拍拍我的肩膀，像对待一个小弟弟。

在省城里，带队老师安排我们自由活动。同行的同学都三三两两结伴出去，宾馆里只留下我一个人。我在宾馆的草坪独自望着远处林立的高楼发愣时，刚从外面回来的石敏看见我，欢快地跑过来，拉起我的手，说："走，我带你出去逛逛。"

我涨红脸，挣脱她的手。

"没事，我们是一个学校来的，我怎能丢下你呢？"石敏见我没有想走的意思，突然娇声娇气地说，"走嘛，罗宇同学，就当陪陪我。我一个人好闷呀！我们学校来参赛的就我俩，你不陪我谁陪我？"

听她这样说，我实在不好再拒绝。我不是个不近人情的人，只是一直自卑，不敢接受别人的友情。

"有你陪着，我就安全了……"一路上，石敏说个不停，她的快乐溢于言表。

受石敏感染，我在省城的三天过得很愉快，比赛也很顺利。

三

从省城回来，我又恢复了往常的生活模式。

我没想到,石敏居然会在放学后来找我。看见她等在教室门口,我红着脸想躲。

"罗宇,我来找你了。"石敏根本不顾旁人的目光都盯着她,看见我就笑。

"哦,找罗宇的。"有个男生在起哄。所有人都跟着笑了起来。

我窘迫得想掘洞躲起来,脸火辣辣的。

"你又脸红了,罗宇。"她指着我说,不经意地拍了拍我的肩膀。

"哇!当众这么亲热呀!罗——宇,罗——宇!"几个男生故意拖长声喊。

"不会吧,校花就这眼光?看上'闷葫芦'罗宇?"不远处,几个同班的女生也在低语,但那些话清楚地传到我耳中。我被刺激了,鼓起勇气不管不顾地说:"石敏,你找我?"

"对呀,我们走。"说着,她竟然拉起我的手跑着下了楼梯。

我的大脑有片刻的短路,她居然拉我的手。虽然身后"哇"声一片,但我还是舍不得挣脱,直到跑下楼。

石敏从包里掏出几本参考资料递给我。

"这是什么?"我不明白她的意思。

"最新的资料,我看了看,很适合我们使用,数理化都有,题型灵活又有一定的难度。我们比比看,谁的准确率高。"石敏说。

"比就比。"我毅然接下。其实我后来才明白,她是怕我拒绝,特意激我。

四

有石敏这个强劲的对手,更是激起了我学习的热忱。

离中考还有几个月,但进入复习阶段后,每天做的练习很多,而且重复烦琐,效果不好,我又没钱买更多的资料书,石敏给我的资料恰好弥补了这一缺憾。

每隔几天,石敏就会来找我,在教室里与我对答案。遇见难题时,我们一起研究,各抒己见,找出多种解答方案。她的思路很清晰,稍稍指点,我就豁然开朗。

"哇！举案齐眉、红袖添香呀！真是癞蛤蟆吃上了天鹅肉。"班上的男生嫉妒地说。

我没吭声，脸一片绯红。

"也不知石敏是不是眼睛瞎了，她居然对罗宇这么好。"

"也可能罗宇骗了石敏，没听说过'不叫的狗咬人更凶'吗？罗宇就是。"

"对，就是，罗宇装可怜、博同情，真是恶心！"

流言蜚语让我抬不起头来，我跑到无人的教学楼顶痛哭了一场。那之后一直到中考，我都刻意躲开石敏，不是不想见她，而是不敢。

我是卑微，但我也有自尊。我不想被别人嘲笑。

五

中考后，我完全没有想到，有一天石敏居然会和妈妈一起回来。

我看着推门进来的石敏，怔住了。妈妈热情地招呼她："小敏，坐呀！"看着她们熟络的样子，我傻了。

"不欢迎呀？还是不想见我？我的样子很丑吗？"石敏佯装恼怒。

"不是。你知道的，我怕——怕——别人说。"我支吾地说。

"男子汉，耳朵也那么软，别人说几句就不想要我这个朋友啦？罗妈妈，你说是不是，罗宇是男子汉，以后做大事，要不拘小节才对。"

"是呀！快乐过活挺好的，虽然辛苦，但要开心。"妈妈说，然后去厨房忙碌了。

我抬头偷看了石敏一眼，又匆匆低下，心如鹿撞，脸色潮红。

"呵呵，你又脸红了。"石敏爽朗地笑起来。

在石敏的感染下，我渐渐放松。其实我知道石敏是个热情、善良的女生，我懂她，只是不敢接受她的友情。

"你确定你不是同情我？"我低声问。

"同情？你想多了。一开始是欣赏你，后来觉得和你说话很开心。我也是后来才知道你是罗妈妈的儿子。我家的情况你妈妈了解,我爸是有钱,可那又怎么样呢?他永远都在忙碌,根本没时间陪我,而我妈是后妈,她对我很客气,但感情总隔着什么,我在家里并不开心。是你妈妈告诉我要笑着过好每一天,珍惜每一个对自己好的人。我喜欢和你妈妈聊天,跟她在一起我感觉就像和妈妈在一起一样……"石敏说。

看着她微红的眼眶,我轻声道歉。

"我很庆幸,我居然认识你们母子俩,这真是上天赐给我的一份大礼,和你们在一起,我很愉快!"石敏动情地说,然后她撒娇般跑到我妈妈怀里,说:"罗妈妈,抱抱!"

妈妈轻抚着石敏的头发,笑容可掬。

我望着与妈妈情同母女的石敏,心生感慨:人与人之间或许真的有缘分,就像我和石敏,石敏和我妈妈。石敏说,遇见我们是上天赐给她的一份大礼,而我们遇见她何尝不是件美妙的事呢!

在飘雨的青春，与你擦肩而过

罗光太

一

杨子歌是隔壁班的女生，我们每天乘坐同一路公交车上下学，虽然不熟悉，但彼此都认识。

她是校舞蹈队的成员，在不允许留长发的校规下，因表演需要，她却有特权留长发，这不知羡煞了多少爱美的女生。

大多数女生都喜欢留长发，但学校领导认为，留长发麻烦，每天要花不少时间打理。每学期开学，老师都会三番五次地在班会上强调这件事。我看见很多女生一脸心痛地剪去长发，也有女生为了享受保留长发的特权，争取考入校舞蹈队——然而，竞争激烈，最后能顺利进入的女生总是少数，她们是校园里一道美丽的风景线。

杨子歌无疑是这道美丽风景线中最耀眼的，每次看见她，我的脸都禁不住莫名发烫。我想主动开口说一和她句话，又觉得唐突，只敢匆匆冲她点个头。

二

我的学习成绩不错,但不擅长与人交流。

我 16 岁,学业繁忙,心事却像春天里疯长的蒿草——我常常没缘由地陷入怅惘,回忆起第一次在公车上遇见杨子歌的情形。

那是一个初秋的清晨,我刚到公交车站,一辆我要搭乘的公交车正要启动,我边跑边挥手喊,趁车门关上之前,我一个箭步跳上车,不料身子未站稳,一个趔趄,整个人往前栽……我迅速抓住前面乘客的肩膀。

"干吗?你扯到我头发了!"她扭头不满地瞪我。我突然眼前一亮——好漂亮的女生,连发怒的样子都那么可爱。我的脸倏地涨红,在她耳边小声说:"对不起!我不是故意的……"

她没再追究,转过头去。随着车子的晃动,她的长发也在我眼前晃动,晃得我心里慌慌的,犹如有只小鹿在乱撞,那是我以前从未有过的感觉。

三

早操时间,我再次看见杨子歌时,才知道她是隔壁班的女生。

人群中的杨子歌亭亭玉立,虽然穿着宽大的校服,但那头在风中飘舞的长发还是吸引了不少目光。我想起一个洗发水广告,傻笑起来。

"那个就是校花杨子歌吧?真漂亮!"

"哪个?是不是那个长头发的?"

"就是她,她是直升保送生。长得漂亮,成绩又好。"

"……"

身边的同学都在小声嘀咕。我是从其他学校考进来的,对这所重点中学相当陌生。听到周围同学议论,我知道了一些关于杨子歌的故事——杨子歌是学霸,琴、棋、书、画样样出众,还是校舞蹈队队长。听着同学夸张的赞叹声,我暗暗叹了口气——这样才貌双全的女生一定骄傲得像高贵的天鹅吧！眼里哪会容得下像我这样的无名小子呢？我又想起不小心扯到杨子歌的头发时她恼怒的表情，她一定是讨厌死我了。

这么想着，我的心里怅然若失。

四

从不在意形象的我，开始在每天出门前照照镜子，理顺一下凌乱的头发；从不向父母提物质要求的我，也开始要求买一些品牌鞋子；我还开始为脸上的青春痘烦恼，开始使用洗面奶，希望皮肤更加光洁……以前，我看不起爱臭美的男生，觉得男孩子学习好就行，但遇见杨子歌后，原先的想法都在无意中发生了改变。

我试着主动和班上的同学交流，积极参加学校组织的各项活动，这样遇见杨子歌的机会就多了——我想把自己最优秀的一面展现在她面前，希望有一天能够引起她的关注。

父母说我长大了，有自己的想法了；老师说我写的作文越来越有感情了……不过，没有人真正了解我的心事，我也不想被别人发觉，我越发理解了原先读过的诗词里的哀愁，心思也比过去更加细腻。

五

一天清晨，细雨飘飞。

我没有带伞就出门了。从家里出来，要穿过一条狭长而逼仄的小巷了才能拐到街边上的站台。我放慢步子，在雨中哀怨又彷徨，彷徨在这样一个悠长的雨季。

"同学，你怎么没打伞？要不要来遮遮雨？"才走出巷口，我就遇到了杨子歌，她撑着一把淡蓝色的雨伞问我。

她居然先开口对我说话！我一阵窃喜。

"我喜欢细细密密的雨丝落在头上，再顺着发梢麻麻痒痒地滑落到脸上,最后钻进脖子里的感觉。"我故作潇洒地回答。

"好有诗意的人!看来,我的建议是多余了……"杨子歌的话一说完,我就后悔了,后悔不该为表现诗意而错过与她共撑一把伞的机会。

"你也可以试着不打伞在雨中行走呀!"我随口一说,没想到杨子歌当真了。

"也对,我很少有在雨中行走的经历,倒要看看是否像你说的那么有诗意!"她把伞收起来,和我并肩走向站台。在站台候车的人很多,大家像看怪物一般看着我们俩——明明下雨,明明手中有伞,却故意不打伞走在雨中。

这是一种新奇的感觉,我浑身畅快淋漓。而杨子歌呢,她的长发沾上雨水后黏成一团,她想用手理顺,却纠缠在一起,衣服也湿了。上车之后,她接连打了好几个喷嚏。

"一点儿都不诗意,我真后悔陪你淋雨。"她看着我,有些沮丧。

六

那天早上淋雨后,杨子歌生病了。

一直到第三天,她才来学校,整个人看起来有些虚弱。我又内疚又自责,想过去跟她说句话,问候一声,但没有勇气。

后来有一天,我们在走廊上碰到。我走到她面前,未开口,脸已经红了。我不好意思地说:"杨子歌,对不起,上次淋雨让你生病了。""不是你的错,是我体质不好,而且都过去了……"杨子歌淡淡地说,末了又补充一句,"其实,撑伞挺好的。"

我当时没明白这句话的意思,后来我在书中读到这么一句话:撑起一把雨伞即意味着撑起一小块属于自己的天空。那一次,杨子歌正巧看到我没带伞,想邀请我共用一把伞,我却弄巧成拙,错过了一个如此浪漫的机会。

此后,我们经常在走廊上碰见,但再也没有更多交流,两个人隔得远远的,各自与身边的同学闲聊。我忍不住回过头看她,只看到她瘦削的后背和飘逸的长发。

七

高二时,杨子歌随工作调动的父母去了其他城市。

她转学之后,我还是常常会在课间踱步到隔壁班窗外,看看她曾坐过的座位。恍惚中,我仿佛看到她依然坐在教室里,甚至鼓足勇气想走过去找她说话,瞬间却又清醒过来。从来没人知道我对杨子歌有过这么一段情感心路,我也不想告诉别人。这是我心里最深的秘密,是我青春岁月中真实发生过的美丽和哀愁。

后来,在每个飘雨的日子,我都会带伞。我觉得下雨天撑着伞,看五颜六色的雨伞在眼前移动是一件美好的事情。我也不再淋雨,不再需要那样幼稚的诗意。当我撑着伞在雨中晃来晃去时,偶然会想起杨子歌,想起她微笑的脸、晶亮的眸子和那头飘逸的长发……于是,我的脸会红红热热,心也跟着甜蜜又忧伤起来。

春天来了，友谊要开花

冠一豸

一

新学期开始，我就注意到一个问题：自从班上转来一男一女后，我们班男生35名，女生29名，男生两人一桌恰好多一名，女生亦如此，必将出现一个男生和一个女生同坐一桌的"危机"。可万万没想到这个危机会降临到我的头上。

安排座位那天，我正得意扬扬地想看看究竟是哪个男生会这么倒霉。按身高来说，个头中等的我，怎么也不可能排到后面坐。在我正左右张望时，老班突然说："罗小灿，你去和张月仙一块儿坐。"我以为自己听错了，愣怔了一下。"别坐着不动，你把东西搬过去。"老班再次强调。

怎么是我？这个危机居然会降临到我头上！谁不知道我们班男女界线森严，平时男生是不和女生玩的，如果谁和女生关系好，会被一众男生集体排斥。我们班男女生"斗争惨烈"，无论学习成绩，还是比赛获奖，都要一争高下。

我可是我们班男生集团的"首脑"，很多和女生竞争的项目都得靠我力挽狂澜。先说学习成绩，如果不是我，哪个男生敢和李铁楠较量！李铁楠虽长得千娇百媚，但傲气凛然，从不把我们男生放在眼里。特别是对我，她更是嗤之以鼻，还曾狂妄放言："我轻轻松松就可以把罗小灿甩到身后。"

士可杀不可辱，我岂能咽下这口恶气！当我从别人那里听到这句话时，我就把李铁楠当成了"头号劲敌"。为了挽回士气，我也扬言："李铁楠除了记忆力好外，别的奈何不了我。"在男生中，我可是响当当的一号人物，他们都心甘情愿以我为首。我把李铁楠对男生的轻蔑态度添油加醋地描述给大家后，便燃起了众男生与女生作对的熊熊烈火。

二

以前班上有个男生，常和李铁楠说话。看他们谈笑风生、一脸兴奋的表情我就来气。那次刚发一张卷子，我的分数比李铁楠少一分。本来心情就不爽，再看见他们聊得不亦乐乎，我怒气冲冲地号召众男生集体孤立那个不知好歹的男生，直到他来向我认错，并保证再也不和李铁楠说话，我才作罢。

我从来都是"以身作则"，坚决不和女生交往，对其他男生也严格要求，现在居然要我与一个女生同桌？这可怎么是好！

一下课，一帮兄弟都围在我身边。有的好言安慰，有的却是在看我的笑话。我难堪极了，可老班的话就是命令，我不能不听，于是涨红脸说："老班对我太狠，我没办法。"

"扭捏作态，还说自己是男子汉！"在我向众男生解释时，李铁楠火上加油。我不客气地回敬："还好不是和你同桌，那才是最糟的。"

看李铁楠气得鼻子都歪了，我解气地收拾东西，搬去和张月仙同桌。我不了解张月仙，只知道她成绩不好，常拉低女生的平均分，被老师说两句就泪如雨下。

见我搬东西过去，张月仙羞涩地看了我一眼，低低地说："你好！罗小灿。"我没理睬她，我是"男生集团的首脑"，岂能自己先坏了规矩。

见我不吭声，她也不再说话。我转头看她时，才注意到，她的脸已经涨得通红，眼中噙着泪。我一下慌了，虽然我不和女生说话，但从不惹她们哭，毕竟让女生流泪挺没面子的。

"你怎么哭了？"我心慌地问，声音压得很低，说话时还悄悄扫了一眼四周，看有没有人在注意我。"你都不理我。"张月仙一脸委屈。我看了她一眼，又把头扭开，这太让我难为情了。还好上课铃声响起，老师走进教室，我才松了口气。

那堂课上，我简直是如坐针毡，我一分一秒地默数，期待着快点儿下课。

三

张月仙很知趣，碰了一次钉子后，她就不再找我说话。我憋闷几天，终是长舒一口气。

可是这口气舒得太早了。一天自习课时，她一直摆弄手中的测试卷翻来翻去，又一下开铅笔盒，一下掏书包，弄得我心绪不宁，根本没法静下心写作业。

我因为被打扰，口气不大友善地对她嚷："搞什么呀？还不写作业！""我不会做，你能教我吗？"她的声音低得像蚊子叫，但我还是听清了。我瞥了一眼她手中的测试题，把自己的作业递给她。"我不要抄你的，你教我。"她说。真是得寸进尺！我不悦地说："现在没空，我的作业都还没完成呢！"

可能我的声音有点儿大，被值日班长李铁楠听见了，她站起来，说："某些同学要自觉，自习课请保持安静！"我愤愤地转头瞪视她，还扮了个鬼脸。"某些同学，不要给班长扮鬼脸，没用的，请自觉！"李铁楠继续说。

我赌气地不再做作业，扬起头，直愣愣地盯着李铁楠，看她还有什么花招。我在怀疑，张月仙的举动是不是她授意的？是不是她故意找我的茬儿？

"对不起！罗小灿，我不是故意的。"我正生着闷气，张月仙又开口了，于是我生气地嚷："你闭嘴！话怎么那么多。"话出口后，我便后悔了，我看见张月仙已经泪如泉涌。所有人的目光都盯在我身上，令我如芒在背。

"罗小灿同学，你干吗欺负你的同桌呀？她可是女生，你好意思对她嚷？"李铁楠见缝插针，逮着机会就训我，而我却是一句话也不敢反驳。

熬到下课，众兄弟又围过来，把张月仙的位置也占用了。"灿哥，你怎么了？刚才好失态。""张月仙惹你了？""欺负女生真不好，斗归斗，毕竟同学一场。"……我的耳边嗡嗡地响，真是猪八戒照镜子——里外不是人。

"总是斗来斗去的，有意思吗？"当前桌男生转过头来说了这句话时，我终于爆发了，一下把桌上的文具全扫光，大声喊："是我的错吗？你们只会怪我，怎么不去说李铁楠，是她挑起的……"

只这一个举动，我便把自己孤立了，与众男生决裂。

四

让我意想不到的是，那些平日里跟我同仇敌忾的男生，在我与他们决裂后，他们竟然都开始和前后桌的女生说话，有的还聊得嘻嘻哈哈、眉开眼笑，真是气死我了。

我感觉自己被所有人愚弄了，于是故意封闭自己，拒绝与任何人说话。我绷着脸，眼冒怒火，看谁都不顺眼。

"罗小灿同学，以前我们都是闹着玩的，又不是真正的敌人，何必要这样……如果你要怪就怪我好了，以前我太自大了，没把你们男生放在眼里，其实你是个很棒的对手。那天我说话太过分了，请你原谅！春天来了，友谊要开花了，对吗？"

李铁楠递了张纸条给我，我看完后，心里五味杂陈。是我太偏激了？

见我没回应，放学后，李铁楠在路上拦住了我，说："罗同学，你真不打算原谅我了？"我看了她一眼，心里恨恨的，不明白她葫芦里卖的什么药，但面对她灿笑如花的脸，我又生不起气来。"好啦！我都认错了，原谅我好不好？你可是男子汉呀！"李铁楠难得这样低声下气，我也不好再端着架子，于是撇撇嘴："不原谅你，我又能怎么样？"

"我就知道你很大气，肯定会原谅我。我们一起去找张月仙吧，她可真是被你吓坏了。"李铁楠说。

"嗯！"我应了声，想起自己对张月仙的态度，我的脸红了，觉得自己太过粗鲁。

我们正走着，突然从前面的拐弯处围过来一大群人，我抬头看，都是班上的同学，张月仙也在其中。我的脸涨得红红的，窘迫得想挖个地洞钻进去。

"灿哥，原谅我们，对不起！"

面对他们突然异口同声的道歉，我愣了一下，都是我的错，哪能让大家向我道歉呢？一直以来，因为我自己与李铁楠的竞争，我把班上的同学关系搞得鸡飞狗跳、泾渭分明。于是我红着脸急急地说："都是我的错，对不起！我知道错了，希望各位同学原谅我！我已经和李铁楠达成共识，以后大家都做好朋友吧！"

我的话才说完，李铁楠又得意地说："我就说了，春天来了，友谊要开花，怎么样，预言准吧？"

"准——你说的都准，你可是神算子。"一阵欢声笑语中，我也开怀地露出了笑容。

我不喜欢孤单，有朋友在身边才是快乐的。大家已经用一颗颗真诚的心包容我，我又怎会不知道，又怎会不感激于心？我会珍惜我们之间的友谊，就像李铁楠告诉我的——春天来了，友谊要开花！这样的青春才是我们想要的。

青春的孤单有你相陪

安宁

一

林小北穿着肥大的校服，拼命向我挥手告别的那个瞬间，我仿佛听见青春呼啸着与我擦肩而过。

我转学到这所学校之前，关于我的种种便传遍了整个校园。譬如说我不仅没有来过北京，就连县城也没有出过；譬如说我连坐公交该如何打卡、在哪一站下车都不知道，至于地铁，更是没见过；譬如说我肯定理着朴实的平头，穿最土气的校服，走到哪儿都有一股子让人掩鼻的葱蒜味。

所以当我以一副公子哥的模样漫不经心地走进教室的时候，女生们高分贝的尖叫，很明显是发自肺腑的。我很满意这样的效果，又故意将一只手插入裤兜里，目不斜视地穿越男生们那重重诧异或者嫉妒的视线，直接坐在老师指定的位置上。

没有人知道，这样一个镜头，我早已演练了许多次。在家里，一个人，对着镜子。镜子的一角上，可以看见我与父母的照片正挂在墙上。那张照片有十年了吧！那是我第一次来北京，在天安门广场前被舅舅抓拍下来的。

而今再看这张照片上的人，早已没有了昔日单纯幸福的微笑。似乎它们随着岁月，被我日益窜高的个子遮住了；或者是躲进父母的皱褶里，找不到出口。不过是短短的几年，父母便各奔东西，且有了新的归宿。而我，这多余出来的一个，当然要被他们废品一样便宜处理掉，丢给北京的外公外婆。

我在知道自己即将去北京的那个暑假，骗了他们一笔钱，沿着在网上查好的路线图独自去了北京，且在开学后就要入读的那所中学附近逗留了一个星期。而教室最后一排的林小北，就是在这时闯入了我的视线。

她是个孤僻的女孩子，至少是孤单。我从来没有看见她与其他学画画的女生一起出入过。甚至，在有女生故意地与她搭讪时，她不仅不会搭理，还会挤一丝嘲讽的微笑，淡漠地奉还回去。

但我还是被裹在肥大校服里的林小北坐在石凳上画画时专注安静的神情吸引了去。她坐在那里，脸上没有刻意的悲喜，像一朵从容绽放的花朵，并不因为有人看了一眼便瞬间光华照人。她在那一刻只是她自己，没有谁能够改变，包括我出其不意的那一声招呼。

二

那时的我，即将弹尽粮绝，手头除了买一张回山东的车票钱，剩下的，便只是一把毛毛角角的零钞。我坐在校园的紫藤架下，攥着那把发热的钢镚儿，想着到底该不该买一支雪糕，送给因为在日光下画得太久，而鼻翼渗出细密汗珠的林小北。犹豫之时，我看到林小北正好起身，朝旁边的冷饮店走去。

就在林小北拿了一杯可乐准备转身离去的时候，一不小心，"恰好"碰到我的身上，而那杯可乐，不偏不倚地洒到我的白色 T 恤上。本应该是林小北先开口向我道歉的，我却忙不迭地向她介绍自己："我叫安树声，9月份开学后就会转入高二文科班，不知你在哪个班？"林小北显然被我还没有接受她的道歉便急匆匆来一通自我说明的话给弄糊涂了。又或许，她本没有打算朝我道歉的，是我太自作多情。因为她不过是轻描淡写地"哦"

一声，便咬着吸管、漫不经心地走开了。

所以当第一节课结束后，林小北从画室里回来上文化课，不经意间与前排的我视线相遇时，我依然不计前嫌地上去要做自我介绍，而林小北却头也不抬地在我开口之前就淡漠地问一句："安树声同学，能麻烦你把椅子朝前抬一下吗？抱歉，我的画架太大，放不进去。"

林小北竟是记住了我的名字，这让我几乎欣喜若狂。我并不知道，她不过是一抬眼看到了我胸牌上的名字，而至于我究竟是不是新来的，很少来教室的她，其实从来就没有关心过。

我在几天后放学的路上再一次遇到了林小北，只是，她不知为何，竟是背着画夹在路上狂奔，似乎在逃避着什么；而她的后面，是一个40岁左右的男人，跑得也是气喘吁吁。我看了当即逗起英雄，以百米冲刺的速度追上了那个男人，而后，又用刚刚学到的拳击技术，一下打在那个男人的眼睛上，直让他发出一声悲壮的惨叫。

林小北听见男人的哀号，猛地停下来，扭头看过来。我以为她至少会长吁一口气，而后感激地朝我笑笑，但没想到，她却是一步步走过来，愤怒地朝我喊："安树声，谁让你多管闲事？"还没等头脑发晕的我明白过来，那个捂着脸的男人即刻抓住了林小北的胳膊，而后边拉着奋力要挣脱的她往前走，边不忘回头对我喊："谢谢你帮我拦住女儿！"

那一刻，我一下子知道，我究竟做了一件多么愚蠢的事。

三

第二天上课的时候，林小北迟到了。她的眼睛通红，班主任冷冷地看她一眼，道："如果实在不想读书，干脆别来，不要每次你一个人迟到10分钟，影响全班40个同学400分钟。"

林小北默不作声地走到课桌前，却并没有坐下，而是收拾好书包，从后门径直走了出去。全班一片哗然，而班主任的脸则霎时变成难看的绛紫色。

下课的时候，听邻桌几个人聊天，我这才知道，原来对林小北来说，迟到、旷课早已习以为常,而且她已经受过班主任的警告处分,而且班主任曾经当着全班同学的面说,如果再有下次,除了将她遣送回已经离婚另娶的父亲家,别无他法。或许这不过是班主任的气愤之语,他明明知道学艺术的学生,会时常因为画画睡得晚了而迟到,而且,他是没有权力开除学生的。

可是,谁也没有想到,班主任没有认真,林小北却是当了真。

放学后,我径直去了林小北画画的教室。我从窗外瞥见偌大的画室里只有林小北一个人,她背对着我,安静地画着一片灿烂的雏菊。她的背影忧伤、无助,又倔强、执着,似乎家庭与学校施予她的一切,不过是她的画板上那片等待涂抹的空白,颜色落上去,便再也不存在。

我接连敲了几次窗,林小北才淡漠地回过头来看我一眼,又回过头去。我轻轻推开门,不知所措地轻咳了一声,而后站在离林小北几步远的地方,语无伦次地说:"林小北,其实我父母也离婚了,之所以转学过来,是因为我父母都再婚了,我成了比你更惨的剩余产品。"

林小北扑哧一声笑了出来:"谁说我是剩余产品了,是我父母都抢着要我,但我谁也不愿意跟着。"我即刻也笑着跟过去:"你看,你比我幸运多了,所以,干吗难过呢?你不知道刚才班里的同学都在强烈谴责班主任,说他想要篡夺校长的权力宝座呢。"

林小北终于转过头来,正视着我的眼睛,说:"安树声,我知道自己在班里的名声,所以你不用安慰我,但我还是要谢谢你。"

我略略羞涩地一笑,傻乎乎道:"不客气,这是雷锋同志应该做的。"

这一句,终于让林小北笑弯了腰。

四

林小北开始按时上课,尽管每次气喘吁吁地进来,还没有坐定,上课的老师就在讲台上喊了"起立"。坐下的时候,我竖起大拇指向她致意,而她,则会传过来一张纸条,上面画着一个背着画夹一路狂奔的小人儿,而小人儿的背后则是一排横眉竖眼的老师。

我与林小北在这个时兴拉帮结伙的班里都不再孤单。我们像其他矫情地命名为 S.H.E 或者 H.E.R.O 的小团体一样，在课下大声地说笑，谈论明星八卦，指点校园江山，并在招来周围人的侧目时，愈加地眉飞色舞，得意非凡。

林小北无法像以前那样旷课守在画室里，但她并没有在课下的空当里闲着，她充分发挥自己的所学，在我们单调的校服上画各式的花鸟、虫鱼，或者可爱的小人儿。我的背上或者臂膀上也成了她的创作园地。这样另类的绘画，果然吸引了全班人的目光，连古板的体育老师都投过视线来，尽管那视线里带着几分震惊，因为那上面有一个龇牙咧嘴拿着篮球的家伙，极像他的特写。

有一些人，带着几分讨好来找林小北，求她在他们的衣服上画喜欢的偶像，或者用美术体写自己信仰的格言。林小北手里的"订单"几乎够开个小小的店铺。不仅是我们班，连外班的学生也开始慕名而来，我们班里的门槛，用一个曾经嫉妒过林小北的女生的话来说，快要像老太太的牙齿，剩不下完好无损的几块了。

就在林小北和我这个为她接订单的秘书都忘记了来自家庭的烦恼，慢慢融入这个曾经讨厌的班级的时候，林小北的妈妈终于下定决心离开北京，回到自己出生的城市，而离开时最不能忘记的则是林小北，这个她唯一仅存的宝贵"财产"。

就在林小北还没有来得及反抗的时候，她的母亲就已经背着她给她办好了转学手续。已经在此没有学籍的林小北，再也找不到待在这个学校的理由。

林小北走的那天，我才意识到，又一个暑假即将来临，我要被小舅"挟持"着，南下去父母家度过暑假；时光，竟是匆忙到让我连回味这一年的美好都来不及，便飕飕地呼啸而过。

而那剩下的一年，没有了林小北，除了课本，除了高三一场又一场无休无止、看不到尽头似的考试，我在北京，还能有什么？

林小北的离去，很安静，安静到就像我的到来。我找了许久，才在抽屉里找到林小北曾经给我画过的漫画，是两个小人儿，肩并着肩，气宇轩昂地奔跑着，一缕阳光斜射下来，将他们的影子拉得很长。这是我们在被人孤立的时候，自我鼓励的漫画。林小北曾说，这是给我医治创伤的良药，让我难过的时候看看这幅画，就知道我们都不会孤独。

　　是的，有了这段短促但却深深嵌入青春里的时光，在成长中艰难褪壳的我们，都不会孤独。

蔷薇花开须臾间

    每朵蔷薇,都只有一次开放的机会。在有限的花期里,美丽而聪明的蔷薇,应该懂得放下玫瑰一样的孤傲,团结所有含苞待放的蓓蕾,去给那些看不到春天的人送去希望与芬芳。

那个孔雀一样骄傲的女生

安一心

一

郝美丽在校艺术节上表演的孔雀舞惊艳全场,"好美丽的孔雀"一夜间扬名全校。

走在校园里,郝美丽趾高气扬,根本不屑别人注视的目光。一向以来,她就喜欢我行我素,班上的男生都曾在背后说她傲气十足。这下,她的风头更盛,谁都进不了她的眼。

我还记得,隔壁班一个男生,放学时在走廊上拦住正准备下楼的郝美丽,笑容满面地递给她一封信,说是想和她交朋友。郝美丽瞥了一眼那男生,淡淡地说:"你配得上我吗?"然后扬长而去,留下那男生手里捏着信,尴尬得满脸通红。在众人的窃笑声里,那男生为了挽回面子,对着郝美丽的背影大声嚷:"拽什么拽?臭丫头!"郝美丽闻言,转身嫣然一笑:"你就这风度,还和我交朋友?"那男生在哄笑中更是窘迫得恨不得挖个地洞躲起来。

同班的男生中,对郝美丽蠢蠢欲动的人很多,但见识过郝美丽的骄傲后,谁也不敢给她递纸条、示好，怕自己被郝美丽犀利的言辞挖苦得无地自容。在班上，她只与女生交往，但也只是"淡如水"的平平常常的友情，不像别的女生，都会有几个自己特别要好的姐妹。

对这个中途才转学过来的美丽女生，我充满了好奇和好感。虽然同桌，但她也很少和我说话。我一直有点儿怕她，但禁不住又有点儿喜欢她，她是个与众不同的女生，不仅长得漂亮，而且活得特别潇洒。

二

郝美丽转学来之前，成绩中等、性格内敛的我在班上只是个无关紧要的人。与她同桌后，由于她的出众，我也莫名地开始"被关注"。男生会主动找我聊天，然后拐弯抹角地打探郝美丽的事。女生也会逗趣我说："与美丽同桌压力山大吧？"我嘿嘿笑，并不回答。

"就知道傻笑，定是偷着乐。"女生撇下一句，不再理睬我。

确实是压力山大，郝美丽来后，我再无宁日，不仅同学喜欢有事没事来逗我，郝美丽也时不时给我压力。她见我整天闷不吭声，好奇地问过我，一个男孩子怎么一点儿没有男孩子样儿？我不知道男孩子该怎样才像男孩子，但看见郝美丽昂首挺胸、无拘无束的样子后，我还是被她的洒脱征服。

我心底里很希望自己能够像郝美丽一样，做个潇洒的人，不刻意讨好别人，也不用隐忍，说该说的话，做想做的事。但由于性格的原因，改变起来还真是不容易。

我不会拒绝别人，即使自己明明很反感，也只会支支吾吾半天，最后还是勉强答应。因为我练过很多年的书法，硬笔字很漂亮，所以班上的同学常让我帮他们抄课堂笔记。以前，我从来没有拒绝过，但后来，作业越来越多后，我感觉很累，但我不知道如何拒绝，心里也怕被大家孤立，虽然平时他们和我交往也少，但不被重视和被孤立是两回事。

郝美丽很奇怪地问我："干吗老帮人抄笔记？多浪费时间呀！""没办法，我也不想的。"我如实回答。"不想就拒绝呀！明说不就行了。"她说得轻描淡写。看我无动于衷，她又说："别把自己当成'老好人'，不要什么都憋在心里，该说的话就要说，怕什么呢？"然后洒脱地走出教室。

我想了很久郝美丽的话，终于付诸行动。我拒绝了那些让我帮忙抄课堂笔记的同学，他们惊讶地看着我，问："一点儿忙都不帮呀？什么人！""我也有自己的时间安排。"我低声说。"哦！看不出来呀，都有时间安排啦！"几个男同学骂骂咧咧的，对我怒目而视。

本来我就是无关紧要的人，从我拒绝帮他们抄笔记后，他们就再没有主动找我说过话。倒是郝美丽，时不时地会与我搭几句话。其实郝美丽在班上也很孤单，不过，她是主动，而我是被动。

三

很多同学想接近郝美丽，借着过生日的时机来邀请她，都被她直截了当地拒绝了，于是班上关于她不会做人、骄傲自大的流言蜚语愈演愈烈。

我偷偷提醒她，她却奇怪地看着我说："我和他们都不熟悉，干吗要去凑热闹？"她一点儿都不在乎别人在背后如何说她。

我的生日快到时，我也想像其他同学一样邀请一些朋友一起过，可是在班上，我没什么朋友，从来我都是被人选择的。离生日时间越近，我心里越不是滋味。我也想过邀请郝美丽，但想想她都是拒绝别人的，于是也不敢跟她开口。

我的沉默居然被郝美丽注意到了，她在课间时问我怎么了。我犹豫一阵，还是说出了心里话，在我等着被她拒绝时，没想到郝美丽却说："好呀，我愿意参加你的生日 Party，谢谢你哟！"她笑容可掬地看着我。我以为自己听错了，不敢相信地看着她，她笑呵呵地说："真的啦！我很愿意。"

一股暖流在我心底涌动，连手都激动得有些抖了。第一次有同学愿意为我庆祝生日，而且她还是孔雀一样骄傲的女生，她拒绝了那么多人，却答应了我。

我明白郝美丽是因为同桌的缘故才答应我，但这有什么关系呢？我已经在心里把她当成最好的朋友，对她感激不尽。

我特别珍惜与郝美丽之间的友谊，我感觉得到，她对我也比对别人好。我还知道，只要真诚对她，她亦会用真诚回报。她反感那些自以为是的接近，反感刻意的讨好，因为反感，所以她拒绝时就特别不客气。

当我问到她关于她的那些流言时，她说："习惯了，我只在意自己内心最真实的感受，别的不重要。""委婉点儿不好吗？至少不那么伤人。"我说。

虽然我的人缘也不好，但我真的希望郝美丽不要得罪太多同学。她看着我，突然笑了起来："我会考虑你的意见，不过，你也得改变，男孩子嘛，千万不要唯唯诺诺的。"

四

我谨记着郝美丽的话，一点点改变自己。

在学校，我不再"沉默是金"，对身边的同学，我会主动问好，虽然还是会羞涩，但我已经勇敢地迈出一步。

我也看到了郝美丽的改变，她洒脱的个性依旧，但她面对别人示好的交友信时，已经能够用较为委婉的态度拒绝。她对我说："还是你说得对，就算拒绝，也不能太伤人。"

这个孔雀一样骄傲的女生，她并不是傲慢，而是她面对了太多主动的示好，分不清真假，只能全都冷漠地拒绝。其实她和我一样，需要朋友，真诚的朋友。

蔷薇花开须臾间

一路开花

倒霉的苏泊然

苏泊然刚刚决定对马小妹实施惊天地泣鬼神的报复行动,马小妹就无缘无故地转学了。

苏泊然简直把肠子都悔青了。要知道,这两年,他为了父亲的前程一直对马小妹的阴狠手段忍气吞声。没办法,谁让马小妹的爸爸是公司经理呢?经理就经理,有什么大不了?可偏偏,苏泊然的爸爸,就在这家公司当业务主管。

苏泊然的爸爸天天在饭桌上唠叨:"然然啊,你得对马小妹好点儿,你看,她爸这次又给我推荐了一个大客户,这人嘛,要懂得感恩,知道不?"

有时候,苏泊然真的很怀疑,老爸到底是不是一台复读机,要不然,怎么隔三岔五就开始唠叨马小妹呢?

这位传说中的马小妹,就坐在苏泊然的后排。小眼睛,小鼻子,小嘴巴,除了声音像张飞之外,其他地方真是没一处不像漫画里的樱桃小丸子。

虽然苏泊然的老爸成天唠叨,但事实上,苏泊然和马小妹连正经的话都没说过几句。天性里有些完美主义倾向的苏泊然，实在忍受不了马小妹这个外貌娇俏、声音粗野的"外星人"。

马小妹经常站在小卖部跟其他班的同学吵架。

有一次，苏泊然刚好路过，正犹豫着帮还是不帮，一碗过桥米线就飞过来了。手欠的马小妹，你扔就扔吧，打中目标就行了，可偏偏那么近的距离，她就是打不中。结果，这一大碗热腾腾的还漂着油的过桥米线，不偏不倚地扣在了苏泊然的脑袋上。

苏泊然的咆哮差点儿没让小卖部发生超级地震。米线和油汤顺着苏泊然的脑袋哗哗地往下淌。如果不是正值冬天，中途吵架耽搁导致热汤冷却的话，苏泊然那张脸铁定要毁容，搞不好，还会成为学校里第一个癞痢头。

没事儿，好男不和女斗，苏泊然在心间一遍又一遍地安慰自己。

马小妹绝对算是个人才，她非但没和狼狈不堪的苏泊然道歉，还嚣张跋扈地把苏泊然头上的那只青花大碗拿走了。

事末，她还不忘对心如冰窖的苏泊然补上一句："小子，记得还我的过桥米线！"

忍辱负重不简单

如果不是为了老爸的前程，苏泊然铁定要飞上前去，狠狠地给马小妹几个耳刮子。可惜，人在屋檐下，不得不低头。老妈已经下岗，身体一直不好，爷爷奶奶常年打针吃药，全家人的生活就指望着老爸那点儿涨幅不定的工资。

苏泊然是个懂事的孩子。为了不给家里添麻烦，他从来不在学校惹事。寒暑假时，他还自己找工作，出门赚点儿小钱贴补家用。因此，在社会上摸爬过的他，很清楚职场规则这一块。他知道，自己无论如何也不能开罪马小妹，否则，万一老爸失业，后果更不堪设想。

苏泊然咬咬牙，忍了，而后，甩着一头葱花米线进了教室。

他刚进教室坐定，就收到了马小妹传来的纸条：哥们儿，真对不住，刚才你也看到了,如果我当众向你道歉的话,多没面子!放学我请你去会宾楼大吃一顿,如何?

事后马屁精,苏泊然理都懒得理。

十几分钟后,苏泊然又收到了另一张纸条:苏泊尔电饭锅,你最好给我识趣点儿,别敬酒不吃吃罚酒!你是不是还想再用你的秃头煮一碗热腾腾的过桥米线?

臭丫头,都给我取上外号了?苏泊然顿时怒火中烧,头也不回,直接把纸条甩到了后面。啪!听这声音,准是纸条打到了马小妹脸上。

果不其然,十秒钟后,苏泊然的凄厉尖叫把正在黑板上写字的数学老头吓了一大跳。

"苏泊然,滚出去!"数学老头气得浑身发抖。

没办法,苏泊然只好悻悻地走出教室。仔细看,他的脊背上还嵌着一根细长的圆规针。

越吹越玄的蔷薇派

惹不起,我还躲不起吗?苏泊然为了躲开马小妹,以近视为由,主动要求调离座位。

没想到,这么简单的一个请求都被驳回。班主任语重心长地说:"泊然啊,你虽然近视,但个子的确又那么高,如果我把你随意调到前排的话,其他学生不但会有意见,说我偏心,你也会挡住后面同学的视线嘛!"

这头,马小妹正在积极扩展自己的势力。她自己组建了一个校园帮派,名叫"蔷薇派",专收各年级的优等生。另外,还搞了一叠破破烂烂的成员申请表,上面写着什么有福同享啦,有难同当啦,切,还真把自己当峨眉师太了!

苏泊然实在想不通,马小妹的老爸那么优秀,怎么马小妹就这么无知呢?像她这种嚣张跋扈的人,如果走进社会,不到五天,绝对要被别人打成猪头老三!

管他呢，反正苏泊然懒得理会。他只管好好读书，考个好成绩，然后在假期谋份兼职，赚点儿小钱。苏泊然很清楚自己的处境，他不能和条件优越的马小妹比。

期末正在临近，马小妹还是照常吊儿郎当。她的蔷薇派据说正在与日壮大，具体情况苏泊然也不是很清楚，只是校园里正在沸沸扬扬地谈论各种关于蔷薇派的话题。

午饭的时候，一个低年级的光头小子在食堂里张牙舞爪地说起蔷薇派，苏泊然出于好奇，故意坐得近些。

光头小子故作神秘："老土，你们知道吗？蔷薇派根本不是我们学校的组织，据说，在四川也有一个分会。这个蔷薇派的帮主，来自峨眉，从小习武，天赋异禀，身手绝对不在甄子丹之下！"

苏泊然没忍住，已经嚼碎的半只鸡腿全喷了出来。

无处申冤的苏泊然

语文测验，马小妹使坏，把苏泊然解释成语的答案全换了：

度日如年——日子实在太好过了，每天都好像过年一样。

杯水车薪——坐在办公室里，买个高档杯子，成天喝喝水，到月底，就能拿到一车的薪水。

语文老师差点儿没把苏泊然吃掉。

结果可想而知，苏泊然被定了个藐视文化的罪名，罚站一周。

苏泊然用小指头都能猜到，这字，绝对出自马小妹的手笔。

对敌人最大的蔑视就是沉默。因为鲁迅的这句至理名言，苏泊然决定对不可理喻的马小妹保持永久性沉默。

转眼又是语文测验。其中一道题是要求默写一首描写动物的古诗。苏泊然第一时间想到了唐朝韩愈的《马说》。

可怜，试卷还没发下来，苏泊然就被语文老师臭骂了一通。语文老师暴跳如雷地举着黑板擦，那架势，似乎恨不得在苏泊然的脑袋瓜上敲出二亩地。

韩愈的《马说》已被人用水性笔划去，取而代之的是恶搞版的《咏鹅》：鹅鹅鹅，曲项用刀割，拔毛加瓢水，点火盖上锅。

更离谱的是，作文里那句"不想当将军的士兵不是好士兵"的拿破仑名言，竟被换成了一句无厘头的话：不想当方丈的神父，不是好道士；不想当厨子的裁缝，不是好司机。

苏泊然差点儿当场喷血。

深不可测的马小妹

期末成绩单下来的时候，苏泊然的眼睛瞪得差点儿掉出来。

马小妹，第一名。马小妹，第一名？第一名！苏泊然对这份成绩单的真伪保持严重怀疑。他实在想不通，就马小妹那种态度，也能得第一名？

但事实的确如此，马小妹就是第一名。如果说她是抄袭别人试卷的话，那怎么说，也不可能是第一名。

苏泊然决定奋发图强。这个假期，他没有去打工，而是报了市文化宫的外语突击班。他发现，自己和马小妹之间差距最大的就是英语成绩。因此，要超过马小妹，首先就得从英语这个薄弱环节开始。

第一天，英语口语课。

专业培训果然不同，连口语老师都是黄发蓝眼的外国人。他叽里呱啦地说了半天，苏泊然大概只听懂了一半。

接着，一位同学站了起来，和老师开始了流利的对话。这位同学不是别人，正是蔷薇派的老大——马小妹同学。

苏泊然彻底傻眼了。他坐在后面，看看手口并用的马小妹，瞅瞅老师惊讶的笑脸，说不出半句话来。

苏泊然想，按照马小妹现在的状态，没个三年五载，是很难超过了。他实在想不通，马小妹的外语怎么会那么厉害？

毫无预兆地离开

所谓人逢喜事精神爽。新学期开始了，虽然苏泊然没能考上第一，但自己老爸荣升经理一职，他多少还是兴奋的。这说明什么？说明自己老爸和马小妹的老爸已经平起平坐了。

嘿嘿，今后再也不用忍气吞声了。苏泊然走在通往学校的路上，感觉阳光明媚、空气清新。

苏泊然暗自高兴，筹谋许久的复仇计划终于可以付诸实践了。哼！你等着哭吧，该死的马小妹！

此刻，正值春天，柔黄的迎春花在风中像蝴蝶一样翩跹起舞。苏泊然想叫，想跳，想告诉每一个人，从今天开始，他将要扬眉吐气地生活，面朝大海，春暖花开。

可惜，马小妹没给苏泊然这个机会。别说复仇，苏泊然连见都没见上马小妹一面，马小妹就从这座城市消失了。

马小妹去了哪儿？没人知道。苏泊然背后的座位一直空了很多天。后来，有人说马小妹转学了，在另外一个城市。

苏泊然有点儿恨，马小妹如此折磨自己，到最后，竟连招呼都不打一声就离开了。

初三的倒计时牌已经挂在墙上。苏泊然来不及多想，他只能闷着脑袋，绷紧每一根弦，争取冲上省重点高中。

冤家路窄

一年之后，苏泊然不负众望，考上了省重点高中。

迎新典礼上，校长特意点了马婉琼这个名字。据说，今年这批新生中，她的入学分数最高，也是最有希望上清华、北大的。

苏泊然没在意。马婉琼这三个字对于他来说，实在够陌生。

按照惯例，这所重点高中，每年都会对入学分数最高的前三位同学进行表彰，并给予物质奖励。

马婉琼就是在这个时候跑上领奖台的。

苏泊然坐在台下，彻底傻了。马婉琼？扯淡！这不明摆着是马小妹吗？她那副丑陋的嘴脸，就算化成灰，我也能认出来。

苏泊然脑袋里一团乱。为什么马小妹会突然出现？为什么马小妹会改名为马婉琼？苏泊然想不通。

不过幸好，马小妹没和苏泊然分到一个班。

典礼完毕之后，苏泊然坐在教室里想了一天。到底该不该继续自己的复仇计划？的确，很多事情，时隔一年，都快忘得差不多了。况且，马小妹都已经改名，如果我再苦苦纠缠的话，那不显得自己小气？

苏泊然想了想，决定放过马小妹。

冤家果然路窄。下课之后，苏泊然竟在单车棚里碰到了马小妹。苏泊然推着自行车自顾往前走，生怕马小妹上来找麻烦。以前在同一个班的时候，他就够窝囊了，这次，他可不想再窝囊了。

奇怪，马小妹明明看到他了，怎么视若无睹呢？

半路杀出程咬金

苏泊然的疑惑越来越多了。按照马小妹的个性，无论如何也会上来找点儿麻烦的。真够反常。

还有，马小妹的眼睛似乎比以前大了些。女大十八变？没那么夸张吧？才一年的工夫。难道，连马小妹自己都对自己那张小脸恶心了，悄悄去做了整容手术？

苏泊然想了一会儿，便再也懒得关心涉及马小妹的问题。他得努力学习，争取在毕业前评上省三好学生，这样，高考的时候才能获得额外加分。虽然苏泊然的老爸荣升经理，待遇比以前好了很多，但日子仍旧过得紧紧巴巴。

马小妹走后，苏泊然的老爸也改变了唠叨的台词。以前动不动就是"对马小妹好点儿"，现在则动不动就是"努力读书，自力更生"。

苏泊然很清楚自己的路。他必须一切都靠自己。

苏泊然想得实在太入神了，转弯的时候，竟忘了捏刹车。单车呼啦啦地像只蛤蟆一样飞了出去。此刻正值上学高峰期，横空而降的苏泊然晕头转向地砸倒了路旁的两名行人。

苏泊然刚挣扎着站起来，还没弄清楚情况就实实在在地挨了一大巴掌。

巧了，打他的不是别人，正是那个在初中时候将他翻来覆去欺辱了整整两年的漫画恶婆马小妹。

以前你欺负我就算了，那是迫于生计，我低头，我忍。可现在，你爸都已经另谋高就去了，你还凭什么这么嚣张？苏泊然双眼喷火，挥起手来就要还马小妹一巴掌。

啪！谁挨了一巴掌？苏泊然的手可尚且停在半空呢。

打苏泊然的不是别人，正是马小妹的贴身死党——林可卿。

苏泊然刚反应过来，打他的人就已经跑到了十步开外。苏泊然刚想拔腿狂追，就重重地摔在了地上，才发现自己的脚好疼，从自行车上跌下来那跤可真够狠的，把苏泊然的脚摔得像个包子。

扑朔迷离的真相

苏泊然在单车棚把马小妹给拦住了。

站在一旁的林可卿则挥着手问："哥们儿，是不是还想吃一巴掌？婉琼不想看到你。请你有多远就滚多远，知道吗？"

"可笑了，你以为我很想看到你们？再说了，这里是公共场合。你以为是马小妹的经理爸爸的私人俱乐部啊？"此时的苏泊然底气十足，毫不示弱。

"哼，小人得志。不知道谁的爸爸才是经理大人！不过，也不要高兴得太早。你也不去问问你爸爸，他那个经理职位是怎么得来的？"林可卿说这番话的时候，手指头差点儿没戳进苏泊然眼睛里去。

"你这话什么意思？"苏泊然情绪非常激动。而站在一旁的马小妹则一言不发。

"什么意思？如果不是你爸出卖婉琼的爸爸，说他私挪公款，婉琼的爸爸会被撤职调查吗？你爸又能坐上今天的位置吗？"

晚饭的时候，苏泊然坐在家里，咬了好几次牙，鼓了好几次勇气，还是没胆量问他爸爸关于马小妹他爸被停职查办的事。

最后，他爸主动开了口："然然啊，听说小妹现在和你又在一个学校了？你可要记得，好好对待人家。这人嘛，要懂得知恩图报，她爸当年可帮了我们家不少……"

接下来的话，还没等说完，苏泊然就摔碗而去了。出门的时候，苏泊然到底扔了这么一句："爸，你好好想想再跟我说，马小妹的爸爸为什么会走？还有，你是怎么当上经理的？"

走在熟悉的小道上，苏泊然越想越觉得不对劲儿。论才干、论学识、论资历，马小妹的爸爸都要比自己老爸优秀很多。如果不是其他原因，自己老爸是根本不可能有机会挤掉马小妹她爸的。

苏泊然越想越难受。虽然马小妹这人是讨厌了点儿，但也没做什么伤天害理的事情啊！况且，她爸一有机会就拉上自己老爸，的确帮了不少忙。现在，出了这档子事儿，该怎么面对马小妹呢？

心怀愧疚的苏泊然

苏泊然原本以为，回去之后，老爸一定会给他一个合理的解释。岂料，他竟然出差去了！苏泊然气得差点儿吐血。老爸啊老爸，做出这种事情来，你还有心情出差潇洒？

这下可苦了苏泊然。

原本正气凛然、誓要找马小妹讨回公道的苏泊然，彻底变成了蹑手蹑脚的可怜虫。每次有马小妹出现的地方，苏泊然都避之唯恐不及。而要命的是，自从这件事情之后，马小妹好像成了幽灵一样，无处不在。

食堂、教室、操场、楼梯间，没有哪个地方看不到她。苏泊然苦恼极了。

事情还没弄清楚，学校就开始了轰轰烈烈的"反恐大调查"，意在打击社会分子和校内非法组织。

换作以前，没得说，苏泊然肯定会添油加醋地把马小妹的蔷薇派乱吹一通，甚至亲自带路，让校领导把马小妹当场五花大绑。可现在，他哪有脸面啊？于是，他只好支支吾吾地跟调研的老师说不知道。

可苏泊然不说，自有人说啊。

为了在食堂躲开马小妹，苏泊然干脆把早餐直接带到教室里吃。这不，他还没咽下几口，林可卿就风风火火地杀了进来。

林可卿是个急性子，还没站定，就在苏泊然的教室里开骂了。"好你个苏泊然，你还算是人吗？你爸那样也就算了，没想到，你和你爸竟然是一丘之貉。婉琼这次可被你害惨了！你如果还有点儿人性的话，就自己去政教处跟老师们解释清楚。不然，我跟你没完！"

苏泊然彻底蒙了，半晌之后，含着面包仰天大喊一句："窦娥算啥啊？我可是新一代的'冤枉哥'啊！"

水落石出

苏泊然生怕马小妹被学校处分，扔下面包，便慌里慌张地往政教处跑。

他用力一推，没想到，门竟然是虚掩的。顿时，苏泊然一个踉跄冲了进去。运气真好，不偏不倚，刚巧撞到大肚翩翩的年级主任。

"你干什么？哪个班的？"年级主任眼睛瞪得如铜铃。

苏泊然畏畏缩缩地抬起身来审视一周，竟然没有发现马小妹。

天哪！糟大了！

苏泊然急中生智，谎称是交作业跑错了地方，继而赶紧逃之夭夭。

刚跑出没多远，他就看到了坐在花坛旁的马小妹。

咦？马小妹哭了？不可能吧？马小妹这种铁石心肠的野丫头也有泪

腺？太不可思议了！算了，既然马小妹没被处分，那我还是赶紧跑吧！还不知道她为什么哭呢，搞不好，又要惹祸上身。

一想到这里，苏泊然小腿就发抖。他刚转身，马小妹却叫住了他，说："苏泊然，能过来陪我坐一会儿吗？"

叫我？不会吧？马小妹可从来没对我这么温柔过。好啦，过去就过去，男子汉臭豆腐，死就死啦！

苏泊然故作从容地走过去，还没坐定，就听到马小妹说了声"谢谢"。花坛下面到处是湿润的泥土，本来就很滑，再加上马小妹这声莫名其妙的"谢谢"，苏泊然彻底招架不住了，当场直播了一个"狗啃泥"。

原来，马小妹收到了他爸爸的来信。事情的原委始末终于一清二楚。

马小妹的奶奶病危，急需一笔昂贵的医药费动手术。马小妹的爸爸东借西凑，还是差上一大截。于是，情急之下，只得挪用公款。他原本想用房产做抵押，贷款出来填补这笔漏洞，可惜，房子刚刚按揭，银行不受理此项申请。无奈之下，马小妹的爸爸只好向苏泊然的爸爸求助。苏泊然他爸感念在怀，欣然答应。

然而，就在苏泊然他爸四处奔走筹借款项的时候，东窗事发了。公司董事团发现财务漏洞之后，第一时间想到了报警。

马小妹他爸举家搬迁，打算远走他乡。这头，苏泊然他爸竟然主动投案，说自己是罪魁祸首。马小妹他爸到底良心不忍，不得不重回旧地。

事有凑巧，马小妹回来那天，刚好看到苏泊然他爸从警局出来。因此，才会误以为是苏泊然他爸忘恩负义、出卖朋友。

冰释前嫌

苏泊然收到林可卿和马小妹的联名致歉信，是在一个阳光大好的午后。

林可卿骑着轮胎干瘪的自行车冲到苏泊然面前，上气不接下气地说："苏泊尔电饭锅，我们嗓子都喊哑了，你没听见啊？这么大热的天，你竟然让我骑着轮胎炸掉的自行车追你。你可真够狠的！"

为了表示诚意，林可卿和马小妹主动邀请苏泊然去市中心的肯德基大吃一餐。

冷气呼啦啦地从空调里吹出来，夹杂着四处弥漫的冰激凌香，让人有种昏昏沉沉的幸福。

这是苏泊然第一次和马小妹相视而坐。

17岁的马小妹，蓄了长发，束了马尾，淡紫的蝴蝶结带着若有似无的薄荷香，顺着空调吹来的冷气，一阵阵袭来。

马小妹眼睛比以前大了很多，亮而深邃，像午后幽深的古巷，又像笔直清净的石板小路。

苏泊然脑袋有点儿发胀。他低下头，不敢再看马小妹。他实在不习惯马小妹对他温柔，可此刻的马小妹由于先前的误会，急于补偿，偏要对他百般顺从。

第二天，苏泊然收到了马小妹的英语笔记。上面不仅有学习英语的浓缩精华，还有马小妹多年总结的宝贵经验。

捧着淡蓝色的手抄本，苏泊然又有点儿昏昏沉沉了。扉页上贴着马小妹的大头贴，看上去，实在调皮可爱。

苏泊然拍了拍自己的脑袋，他暗暗警告自己，千万不能胡思乱想、脑袋发热，可偏偏满脑袋都是马小妹的音容笑貌。

这时，苏泊然才忽然意识到，原来，他和马小妹有过那么多美丽的回忆。

难以启齿的秘密

苏泊然和马小妹明明熟得不能再熟，可偏偏每次不经意碰面，苏泊然还是会紧张半天。

苏泊然暗示过自己很多遍，可都不起作用。苏泊然啊苏泊然，不就是马小妹吗？至于把你弄成这样吗？争气点儿，抬起头，直视她，用你热烈而又神秘的目光俘虏她。

暗示是这么暗示。可每次临阵对敌，别说直视，别说俘虏，就连说句话，苏泊然的心都要扑通扑通地跳半天。

苏泊然觉得这样下去实在不是办法。况且，马小妹那么优秀，要是不及时把握机会，很可能就会被他人捷足先登。

说干就干。

苏泊然文笔还算不错。因此，他打算给马小妹写封颇具徐志摩气质的告白情诗。

折腾了一夜，内容终于想好了。不算深奥，也不算浅白。苏泊然趴在台灯下面，铺好信纸，打了好几次草稿，才工工整整地誊抄上去。

信写完了，该怎么送呢？找林可卿帮忙？算了，不被嘲笑一通就算谢天谢地。自己送？听起来很有诚意，不过，太具挑战性。

寻思半天，苏泊然最终决定把这封自认完美的告白信夹在马小妹的英语笔记里一起送回去。

蔷薇一派

马小妹一直没有回音，甚至每次碰面都表现得若无其事，看不出半点儿情绪波动。

马小妹没有收到信吗？还是中途被别人抢了去？就算被别人抢了去，按照常理，也一定会在嘲弄一番后，规规矩矩地还到马小妹手里。

苏泊然还没想明白，高二结束的号角就吹响了。

幸好高二假期有补课计划，不然，苏泊然真不知道该怎么过。

高三才开学，省三好学生的评比结果就出来了，马小妹、苏泊然均位列其中。不过，又有所不同。因为马小妹不但是省三好学生，还是全校唯一一位省十佳少年。

苏泊然丈二摸不着头脑。三好学生就三好学生吧，马小妹成绩本来就好，这没什么稀奇，可她怎么就成了十佳少年呢？

校长挺着圆滚滚的肚子走上讲台，绕了半天，最终才说明缘由。"咱们学校这个，这个马小妹啊，组织的这个蔷薇派，实在是好啊。几年间，该派不但秘密资助了 15 位山区失学儿童，使之重返校园，还在节假日成功组织了上百次走进乡村小学的义务支教活动……"

嘿，好你个马小妹，什么蔷薇派，什么峨眉高手从小习武，竟然瞒了我这么久！苏泊然站在领奖台上，狠狠地瞪了马小妹一眼。

高三的第一个晚自习后，苏泊然收到了马小妹的回信，那是一粉一蓝的两张信纸。

蓝的那张，赫然写着：每朵蔷薇，都只有一次开放的机会。在有限的花期里，美丽而聪明的蔷薇，应该懂得放下玫瑰一样的孤傲，团结所有含苞待放的蓓蕾，去给那些看不到春天的人送去希望与芬芳。

粉的那张，是蔷薇派副帮主的专用申请函。

谁的青春没秘密

张亚凌

瞧，女汉子周晓荷来了：

精干利索的蘑菇头，咋看咋都像锅盖；喜欢穿浅蓝色的牛仔裤，牛仔布料的皮实跟耐脏可以让她席地而坐时面无愧色；男女老少不论是谁，只需两三句她就可以熟络到侃侃而谈，且声音响亮自带扩音；可以拍打着男生的肩膀称兄道弟亲似闺蜜，就是不会轻声柔语地说句话……

周晓荷一直大大咧咧，直到——

直到男孩周西江的出现。

周西江拍着周晓荷的肩膀说："你也给我当哥们吧！"说罢拽起周晓荷就奔向篮球场，周晓荷打起篮球凶狠得赛男生。周西江一把夺过周晓荷手里的武侠小说道："越看越成男人婆了，借我看看。"周西江扔过来几袋零食说："把嘴堵住，淑女点儿，再不要叽里呱啦。"周西江……

周晓荷揉揉眼睛，清醒了——刚才自己又在臆想了。清醒后的周晓荷继续盯着周西江的背影发呆，神情风平浪静，心里却翻江倒海，像放电影，似乎陷入臆想的怪圈出不来了：剧情随心所欲而狗血，只要让周西江围着自己转就行。

事实总与想象大相径庭。

周西江自从转进这个学校这个班，一直阴冷着脸，像结了千年的冰，班里发生的事和教室里走动的人，似乎都被他屏蔽了，他当然不会注意到假小子周晓荷的存在。

有时周晓荷也纳闷：人家是一江春水向东流，叫"周东江"多阳光、多霸气，咋来了个"周西江"，别别扭扭真别扭——名字别扭脸别扭，思想肯定更别扭！想归想，可一看到周西江冷峻、沉默的脸，周晓荷心里就莫名地泛起忧伤与疼惜。她想走进那个冰封的世界，那是一个完全封闭的世界吗？即使自己走不进，努力挤挤，好歹会挤出一道缝儿吧，让阳光照进去也好，否则那个世界该多憋闷、多委屈？那张脸会不会阴冷到心碎？

周晓荷有时觉得自己其实挺悲壮、挺值得赞美的：不顾及被伤害自尊，一厢情愿地想走近周西江，还不是担心那张阴郁的脸背后藏着受伤的心，还不是想拯救他于水深火热之中？（嘘——我们的周晓荷偶尔也会觉得自己还有点儿像花痴，好在花不知，自己不至于脸红。）

周晓荷因为肩负自己觉得神圣的使命而变得鬼鬼祟祟，她从来没有过那样的行径——偷窥别人。"鬼鬼祟祟""行径""偷窥"这些都是周晓荷自己的措辞，她觉得所有的贬义词用在自己身上都不过分。她不再光明正大，不再大呼小叫，不再逢人都是哥们，她开始有了小秘密，她所有的心思都转移到了周西江身上。她更想揭开谜底，她怕周西江委屈成河无法自拔。自己俨然就是周西江的救世主，这个想法又让周晓荷浑身充满了战斗感与骄傲感。

周晓荷一个人早早来到教室，从周西江的书页、练习本的随手涂写中寻找线索。周西江写字，起笔落笔都是那么重，常常划破纸页，笔尖似乎带着稀释不开的幽怨，抑或是愤怒。奇怪的是，她每看一眼都觉得揪心地疼。她知道周西江住在党家巷邮政大院后，又打听到同级的一个男生也在那个大院住，就去套近乎，旁敲侧击地托人家打听。她甚至厚着脸皮装作没心没肺地向班主任老师打听，俨然一个"包打听"。

其实那段时间，周晓荷跟着她妈正迷恋老电视剧、老电影，一下子迷恋上了高仓健，愈陷愈深难以自拔，以至于看她老爸都觉得不顺眼，咋老笑嘻嘻地对人热情得过分。老爸肤色太白，就一奶油老爸，咋看都没沧桑感。而且老爸还挺能装，即使累得睁不开眼，一见到晓荷，便两眼放光、满血复活。周晓荷觉得他肤浅，不深刻。

周西江的到来，一下子照亮了周晓荷的眼睛，以至于她觉得老天真照顾她，让一个"小高仓健"降临到自己身边——帅气、冷峻，十足的明星范儿。

周晓荷甚至想，周西江喜欢的一定是跟他一样深刻的女生，周西江的沉默就是他思想深刻的力证！

周晓荷不再嘻嘻哈哈，不再大呼小叫，不再见人就称兄道弟。可周晓荷发现，那样的女生全班到处都是，周西江并没有跟谁走得近。

三个月后的一天，周西江没来；第二天，还没来；第三天，依旧没来。到了周末，班主任老师好像想起什么般，说周西江转学了，后面的同学前移，把那个座位填了。

周西江的走跟来一样突然，好像这个人压根儿就没存在过。只有周晓荷知道，自己的心曾被他填满。

谁的青春没秘密？青春的精彩或安静，潮起潮落都在心里。就像假小子周晓荷，曾经对某个男孩牵挂着、暗恋着，却只有自己知道。

将青春的承诺载出天涯

杨宝妹

初相识

莫安卡好像是在我那一骂之中忽然显现的。

高一开学的第二天,我的几本新课本就不翼而飞了。我一边大声地咒骂着,一边整理着我课桌里幸存下的那些书。而莫安卡就是在这个时候出现的。她一边用比我更加狠毒的语言咒骂着那些偷书贼,一边从庞大的背包里摸索出一支粗大的签名笔,左手按着我的课本,右手在课本的侧面唰唰唰地画了几个张牙舞爪的符号。最后在我神情迷茫的时候,她嘻嘻地笑了两声,冲着我说那是她的"独家专利",绝对无法模仿。

我心存疑虑地将这些画满"鬼符"的课本整理妥当,"谢谢"都还没来得及说出口,她就抢先坐在了我的旁边,头也不回地撂了一句"不客气"。就这样,她成了我的高中同桌。而我那个要和白马王子同桌三年的伟大梦想,也就这么残酷地破灭了。

我恶狠狠地看着莫安卡,心里琢磨着她的脸皮到底有多厚。她不顾我如利刀一般的眼神,坦然将她的零食、课本等乱七八糟的东西从那个庞大的背包里一一取出来，在全班同学目瞪口呆的时候，她还不忘塞几件东西到我怀里，头也不回地解释为"借用一下"。

就这样，我轻而易举地被全班同学判定为和她有着莫逆之交的死党。莫安卡好像很喜欢别人这么看待我和她，不停地向我唠叨着，哪天哪天，哪个人又说我和她看着像姐妹了；哪天哪天，哪个人又问我和她是不是亲戚。说完，她自顾抓一把零食放到口里哈哈大笑，吓得我躲得远远的，怕别人看到，认为我与她又有什么关联。

梦里人

不知是不是真的在一起的时间久了，我和莫安卡逐渐熟悉起来。可能我是感激她的"鬼画符"真的保住了我的课本。而我这种书呆子，除了读书之外，也不知道还有什么乐趣。

莫安卡从来不去买早餐，因为有我。所有人都奇怪，平时那么刚烈、坚持己见的我为何会心甘情愿地帮她买了一年的早餐。其实，是有原因的。

每天晚上我都会悄悄地从课桌里摸出一副扑克排和莫安卡打赌，一人一张牌，谁抽到的小，第二天就要买早餐。当然，这是莫安卡教我的。可悲的是我从来就没有赢过。好像每次看到这些被切割整齐的小纸片在她手中翻来覆去的时候，我就预料到自己会输了。

莫安卡会在我气喘吁吁买来早餐的时候，语重心长地拍拍我的肩膀，告诉我以后多多努力，争取"青出于蓝而胜于蓝"。每到此时，我只能用沉默来掩盖我心中的无奈和熊熊烈火。而她，却还在一旁得意忘形地吃着早餐，大声说着"好吃，好吃"。

周末，我和莫安卡一样，要乘坐13路公交车去离家不远的小区接受课外英语培训。我不知道为何，像她这种连正常的学校课程都不愿意投入心思听的人，怎么还愿意花钱去接受课外的培训。或者，真的是如她所说的，她要学的是口语，将来去上海和一大帮外国人合作，成就我和她的富婆霸业。

在拥挤的站牌下，人来人往地被撞了几次后，我才忽然下意识地摸了摸自己的口袋。不摸还好，一摸顿时心里一惊。那口袋不知何时已经成了无底洞，手掌直接通往宽敞的外面世界。我急得快哭起来，不知该怎么办。因为这节课对于每个人来说都很重要，老师会把整月讲过的东西重点复习一遍。

莫安卡在一旁无奈地看着我。我知道，她也不可能帮我。每次周末这个时候，那一块钱的硬币都是她身上的全部财产。看着缓缓驶来的公交车，莫安卡竟在这时不顾我的死活，转身跑了。我一边骂她忘恩负义，一边提着我的东西往回走。

刚走出几步，莫安卡就满脸大汗地追上来了，抓起我的手，硬塞给我一枚硬币。我满怀感激地定睛一看，原来这不是一枚硬币，而是一枚游戏币。我不知所以地看着莫安卡，等待她的解释。

她笑嘻嘻地敞露出那两颗洁白的大门牙，耸耸肩膀小声地说道："反正车上没有验票机，我们只能这么办了。"

还未等我说话，拥挤的人潮就将我推向了车门。我只能硬着头皮上了车，在错杂的手掌里，投下了那枚游戏币。直到这枚银白的金属物体重重地敲在投币箱底，发出"咣"的一声脆响后，我的心才猛然地落了下去。

莫安卡坐我前面，看着脸色惨白的我大笑，正要出言损我之时，忽然就停住了笑声。我不明所以地回头一看，原来是苏半生。

他是我们学校的理科代表，经常参加一系列在我认为是梦想、在莫安卡认为是天方夜谭的数理化竞赛。他长得又高又帅气，还写得一手好文章，俨然是我当初梦想的与我同桌的白马王子。

莫安卡厚着脸皮与苏半生搭讪，两个人很快熟悉起来。她不忘旧情地帮我加入他们的谈话，这使得我生平第一次在心里暗暗地感激她。

离别情

经过这次游戏币坐车一遇后，我们与苏半生慢慢成了好友。所以在高二的联欢舞会上，莫安卡很轻易请到了苏半生，惹得在场的女生们尖叫连连。

开场前，莫安卡手捏一副扑克牌，即兴为大家表演了一个魔术。当看到那些同样尺寸的绝牌在她手里任意随心地飞来飞去的时候，我忽然明白了我每天晨跑去买早餐的原因。

于是未等舞会结束我就急急离开了会场。之后，我主动要求班主任调换座位。就这样，我一言不发地冷落了莫安卡。

偶尔，我能看到她与苏半生同进食堂，同等13路公车。我在远处就默默地等着他们离开再去打饭，或是乘坐下一班车。

仿佛时间也在成全着我来忘记这段带有欺骗的友谊，接二连三的考试让我们都忙得焦头烂额，就连平日无所事事的莫安卡也在准备着最后的冲刺。我想，她与苏半生或许是有了一个浪漫的大学之约吧！

窗外飘满落叶的时刻，学弟学妹们又在准备着圣诞狂欢。可对临近毕业的我们来说，一切都是平淡无奇。

为了放松心情，班上还是照旧举行了一个小型活动。当夜，苏半生来到了教室。没想到时隔多日，当他再次出现在我的面前时，我还是无法止住内心的慌乱。

莫安卡召集了几个自愿加入活动的人，硬把我叫了上去。苏半生与我对站，我不敢抬头。

莫安卡手捏一副牌，游戏规则惹来了一大帮女生的欢呼。13张扑克牌里仅有两张是一样的，抽到一样牌的人，就公开给大家看，按黑红梅方的顺序比大小，小的一方就必须耗资请大的一方烛光晚餐，共度圣诞。

我脑袋空空地跟着游戏的节奏走，直到与苏半生一起被众人推到台前时，我才恍然大悟。

欢呼中，莫安卡站在一旁微微地笑着。我忽然明白13张扑克牌的意思，还有这个游戏的根本目的。我转身抱着她，有些潮湿的东西在我们彼此眼中瞬间泛滥。

我与她一样，甚至是与此时身旁众多的女孩一样，深深地迷恋着苏半生。

结果，在莫安卡的魔术中，我与苏半生真的有了一个让我平生难忘的圣诞夜。只是，我并没有太大的欢喜。反而，我在极度地想念着那个曾帮我"鬼画符"的莫安卡。

六月的高考悄无声息地过去了。填报志愿的当天,苏半生打来电话,要我们一起填报北京,首都相会。莫安卡大笑着说,我才不去北京,我要去我的大上海闯天下,成就我的富婆霸业。其实我知道,她去上海只能上一个三流高校,她是在给我机会。

最后,当我与莫安卡在上海相遇时,轮到她瞠目结舌地看着我。

那天我双手掩住志愿表后,填下的城市并非北京,而是上海。正如我对莫安卡说的,富婆的霸业,不是你一人的。

三百天的青春战役

李白

一

我和纪小莲同桌不到一周，脸上便长出了许多红肿而又凸凹不平的痘痘。我真信了朋友所说的那句话："纪小莲就是个倒霉蛋！"

深夜，我站在卫生间里，把刚买来的除痘液一遍又一遍地擦在脸上。我多希望，明天早上一起来，这些痘痘就会自动消失，那么，我便可以继续之前的无风自静的学校生活。但是清早，我便被那些丘陵与沟壑吓得瘫坐在地。

一路上，我想尽了一切办法，试图将自己的脸隐藏，但都不顶用。昔日相熟的男生们无不在自行车嚷嚷着我的名字，见我不回头，也不理会，并独自风驰电掣般逃之夭夭后，终于破口大骂："你个忘恩负义的家伙！上次我还借了你两块钱呢！"不是我不想理他们，而是我真不知道要如何面对。

我几乎是飞奔着穿过校园小径的。刚进教室，坐定，前排女生就尖叫起来："哇！你怎么了？被火烧了吗？"此话一出，班上所有的目光，瞬间如利剑一般刺射到我的脸上。我心间有了不知名的怒火,委屈、无奈,错综复杂。我记得,那是我生平第一次对着一个女生大吼大叫:"你才被火烧了呢!你看你那丑样,简直就一车祸现场!"

那女生与我相持了片刻,最终埋头大哭,胜利的喜悦和一丝丝隐忍的愧疚在我心间缓缓弥散开来。说实话,我真不想伤害她。

纪小莲的作息跟个闹钟没什么区别,每天早上都在保持着7点30分准时到校的纪录。通常情况下,她是和老师一同进场的。因此,那些爱讲小话的人,一见到纪小莲,便马上回过头正襟危坐。

二

临近7点30分的那几分钟,我心里激荡着难以遏制的恐慌。我难以想象,爱搞恶作剧的纪小莲在见到我这副尊容后的夸张表情。短短的几分钟,我甚至想过要转身离校,这样我便可以避开魔女纪小莲,但又怕事有凑巧,万一在楼梯间遇到了她,那么,在她惊天动地的狮吼功下,我的脸一定会瞬间成为年级爆料。

挣扎了片刻,我最终决定,以一颗脆弱的心来坦然面对纪小莲的讥讽和嘲笑。

纪小莲的镇定让我瞠目结舌。她几乎没有一丁点儿异样的神态。如往常一般,一面叽叽喳喳地跟我说"老师来了,老师来了",一面翻箱倒柜地找她的外语课本。憋了半天,我还是想不明白,只好鼓足勇气转过脸问她:"纪英雄,难道你没看到我脸上的'粒粒皆辛苦'吗?"

我以为纪小莲一定会回头,定睛一看,而后厉声尖叫,惹得班级里一片哗然。殊不知,她竟然连头都不回,仅是不耐烦地喃喃着:"不就几个破青春痘吗,有什么稀奇的?谁没长过?读书,读书,少废话!我今天早上是7点29分30秒进教室的,没有保持好我的纪录,正在反思,别吵!"

我看着纪小莲那张光洁如玉的小脸,找了半天,除了看到几个不规则的雀斑之外,硬是没瞧见哪有青春痘的踪影。

正当我找得出神的时候,纪小莲忽然回头,瞪大了眼睛说:"恭喜恭喜,忘了告诉你,在现实生活中那不叫青春痘,叫真情信号弹。这段时间,不管亲情友情还是爱情,你都会大丰收哦,嘿嘿……"

我看着纪小莲真挚的笑脸,不像是刻意嘲讽或者捉弄,因此,心里一片茫乱。我莫名其妙地想,难不成,我还该为这一片丘陵欢呼雀跃?

三

班上男生的反应让我怒不可遏。他们聚集在一个阴暗的角落里,目光齐齐注视我的脸,嘴里喃喃地说着许多我听不清的话语。我想都不想,便能猜到他们所说的内容。我不敢回头,不敢正视他们的眼睛,生怕自己会深深地陷入他们嘲笑的洪流中去。

纪小莲侧头跟那群男生慷慨地打招呼:"嗨,你们几个在说什么呢?一起过来聊聊啊!我也很想听呢。"

此话一出,原本坏笑不已的几人,忽然面面相觑,片刻间便作鸟兽散。我看着此刻正追着那帮男生问长问短的纪小莲,心里溢满了感激。

我的坏脾气如春天雨后的野草一般疯长。前排的女生和后排的男生,无不被我逐一得罪。在这个矩形的活动范围内,我唯一剩下的朋友就只有纪小莲了。有时,我觉得她真在用心对我,可有时,我又会觉得她故作天真,意图捉弄我。

我忽冷忽热的坏毛病,似乎永远也触伤不了纪小莲对我的热情。不管我用什么言语、何种态度,她都会咯咯地朝着我笑,并帮我解除学习中的一切难题。因此,我不得不怀疑,面前这个瘦小的女孩,是不是喜欢上我了?

四

这样的猜忌总会被一面银色的镜子摔个粉碎。看着镜中那个一脸忧郁、满脸痘痘的男孩,真是无法相信,有谁会喜欢上他。

年级组织去聋哑学校看望小朋友，我竟有种同病相怜的忧伤。我抱着一个不能说话的小男孩，不停地跟他说做人的道理，直到口干舌燥。他愣愣地看着我，始终无动于衷。那时，我心里除了悲叹之外，更有一丝丝的不悦。原来，很多时候，开导者和不幸者一样，都在承担着同样愁苦的情绪。他们不但要坚持不懈地对不幸者循循善诱，还要用宽博的胸怀容纳一切不幸者的坏脾气和自暴自弃。

我与纪小莲就这样安然地在吵嚷与欢笑中度过了中学时代的最后几百天。当时间的哨声拨动毕业的旗帜，我忽然懂得了离别的意味。

纪小莲没有与我告别，更不曾主动找我。我和她这场打了足足有三百天的战役，终于不得不无声消泯。有时，我真想问问纪小莲，为何要不离不弃地坚守着我与她的那段纯真友谊？

毕业后一周，我在家中收到了纪小莲的来信。她说："还记得几年前的那次体育课吗？班上仅有我一人被罚做广播体操。我做了很多遍，始终不会。老师愤怒了，以为我态度不端正，命令我到升旗台上去做。那一次，我哭了，可所有人都笑了。唯独你，跑出来跟老师说，愿意负责教会我……谢谢你，在那个时候，用勇气保全了一个陌生女孩的自尊……"

每个脚印都是诗

　　我一直谨记着老班对华立韦说的话——青春的每个脚印都是诗,我希望自己能够努力走好人生的每一步,让每一个脚印扎实踏在地上,留下鲜明的印迹。纵然人生平凡,也要留下些许的精彩。我想华立韦也已经明白这些了,他的改变就是最好的证明。

卡布奇诺的甜

李良旭

蒙提拿破仑大街是意大利米兰的一条著名的商业街。蒙提拿破仑大街76号,是一家经营卡布奇诺的咖啡厅。经营这间咖啡厅的主人安东尼,已是76岁的老人了。

每天光顾这家咖啡厅的顾客,不仅有游客和住在附近的常客,还有一些无家可归的流浪人。这些流浪人,有老人,也有少年。他们在这里,和那些顾客一样,面前都有一杯热气腾腾的卡布奇诺咖啡。

那一杯杯经安东尼亲手调制的卡布奇诺咖啡有一种浓浓的香醇,还有一种淡淡的苦涩,更有一种回味无穷的甜。

安东尼经营这间咖啡厅已有50多年了,蒙提拿破仑大街上的每一块砖、每一扇窗,对他来说都已十分熟悉。

每天清晨打开门,安东尼总是对着墙上一幅画像说:"吉姆大叔,卡布奇诺咖啡厅今天又开始营业了,我会将您的恩德传承下去的。"

他看到墙上那幅画像好像在频频点头,脸上露出慈祥的微笑……

安东尼曾经是一名无家可归的流浪儿。那年,天气格外寒冷,整条蒙提拿破仑大街都被冻住了。蒙提拿破仑大街76号卡布奇诺咖啡厅里热气腾腾，咖啡的浓香在咖啡厅弥漫。许多顾客为了躲避严寒，来到咖啡厅里，一边品尝着香浓美味的卡布奇诺，一边消磨着时光。

咖啡厅老板吉姆先生一边热情地招呼着顾客，一边端来一杯杯热腾腾的咖啡。不经意地，吉姆先生发现窗外的玻璃上印着一张稚气的脸，这张脸的眉毛上挂上一层冰霜，正向里张望着，脸上露出羡慕的神色。

吉姆先生打开门，看到一个流浪少年，只见他穿着单薄的衣服，冻得瑟瑟发抖。吉姆先生赶紧走了过去，拉起少年的手，说："孩子，进屋里暖和暖和。"

少年慌乱地往后退缩着，哆嗦着说道："我没钱！"

吉姆感到少年的手像一块冰，他眼睛一红，又一次紧紧拉住少年的手，说："我不要钱，只是邀请你进屋暖和暖和。"

少年听了，还是将信将疑。吉姆紧紧握住少年的手走进屋内。

刚进屋，一股暖流扑面而来，少年感觉一下暖到心里了。

吉姆请青少年坐在一个空位上，又端来一杯热气腾腾的咖啡，对少年说："快喝下去吧，暖暖身子。"

少年激动地喝了一口咖啡，顿时感到沁人心脾，少年忽然流下两行热泪，感激地说道："谢谢您！这是我第一次喝这么好喝的咖啡！"

吉姆听了，心里一酸，眼圈一下红了，他问："孩子，你叫什么名字？"

少年哽咽地回答道："我叫安东尼，我的父母都因病去世了，我也被债主从家里赶了出来，只好在大街上四处流浪。"

吉姆握住少年的手，热情地说道："孩子，你就叫我吉姆大叔吧，以后你就把这里当成自己的家。"

少年安东尼激动得热泪盈眶，他亲切地喊了声："吉姆大叔！"然后一下扑进吉姆的怀里，紧紧拥抱着他……

就这样，安东尼留在了卡布奇诺咖啡厅，他帮吉姆打理着咖啡厅的生意。渐渐地，安东尼还学会了调制卡布奇诺咖啡，经他调制的卡布奇诺咖啡，与吉姆先生调制的咖啡一样香浓可口、余香绵绵。

安东尼发现，吉姆大叔常常邀请那些街头流浪人进咖啡厅，给他们端上一杯热气腾腾的咖啡。

吉姆大叔常对安东尼说:"孩子,我们把街头那些流浪人请进咖啡厅,就是要让他们感到春天般的温暖,也许一个简单地将他们请进屋的行为,就会改变他们的一生,就像卡布奇诺咖啡的味道,淡淡的苦涩中,夹着一丝回味无穷的甜,那甜,绕齿留香,清新淡雅。"

安东尼深深记住吉姆大叔的话。他想,如果不是吉姆大叔将他请进屋,他一定还在街头四处流浪,是吉姆大叔改变了他的一生。

安东尼18岁那年,吉姆大叔不幸因病去世了。临终前,吉姆大叔握着安东尼的手,断断续续地说:"孩子,我走后,卡布奇诺咖啡厅就交给你了,记住,你一定要将卡布奇诺咖啡厅经营好,要关爱每一个流浪人,作为卡布奇诺咖啡厅的经营宗旨,无论什么时候都不能忘记。"

吉姆大叔去世了,安东尼成为卡布奇诺咖啡厅的老板。在安东尼精心经营下,卡布奇诺咖啡厅更加兴旺。几十年过去了,卡布奇诺咖啡厅变化很大,但关爱每一个流浪人的经营宗旨从没有改变过。人们不经意地发现,卡布奇诺咖啡厅又多了一个小伙计,他正热情地招呼着顾客。原来,这小伙计也曾是蒙提拿破仑大街的一名流浪少年,是安东尼收留了他。

卡布奇诺咖啡厅,传承着一个又一个的爱心故事,这些爱心故事就像卡布奇诺咖啡,有一种淡淡的苦涩,更有一种回味无穷的甜,在人们心底荡起层层涟漪……

每个脚印都是诗

陈格致

一

华立韦又逃课了，他还怂恿我跟他一块儿走，说是去网吧。我摇头说："你还是和他们去吧，劝不住你我已经很失败，更不可能跟你一块儿逃课。"

"算了，你是好学生，我就不拉你下水了，以后考试还得靠你呢。"说着，华立韦带着两个同学匆匆跑出教室，朝离教学楼很远的操场西边的围墙跑去。那儿有他们藏好的爬围墙的垫板，他们每次逃课到校外都从那儿溜出去。

我在四楼的教室窗户看着匆匆跑在操场上的三个人影，心里有点儿疑惑，我虽然劝过他们别逃课，但我从来没有及时汇报老师，这样做到底对还是不对？华立韦不爱学习，喜欢逃课到校外玩，但在班上，他虽然会欺负其他同学，却一直对我很好，所以每次考试，我都会有意让他抄一些答案，保证他可以及格。

班上的同学都很反感找老师打小报告的人，我总会莫名担心，如果我去汇报老师了，华立韦他们几个会不会讨厌我……

"校长在追他们。"后排的同学突然大叫一声，所有人都往窗外看。

真的,正准备溜出围墙的华立韦他们正被校长追着。只是校长年迈,跑得慢,等他跑到围墙边,华立韦他们早就逃之夭夭了。

二

校长亲自带着几个教导处的老师,一个班一个班清点人数。各班主任闻风后,早就急匆匆跑回教室,看看自己的班级是否有逃课的学生。

当老班进教室时,我就知道大事不妙了。果不其然,他看到班上少了三名学生后勃然大怒,使劲儿地拍着黑板擦,把讲桌拍得哆哆响。

作为华立韦的同桌,又是班干部,我也被牵连了。老班问我怎么不及时汇报。我低着头,默不作声,其他同学和我一样谁也不吭声,老班正在气头上,谁出声谁倒霉。连班长都被一起批评时,大家更是屏住呼吸,生怕弄出一点儿动静引火烧身。

老班这次真是气极了,他脸色铁青,怒目而视,威严的脸上鼻尖红红的,那道"八"字胡却抖动得厉害。训了好一阵后,声音都有些嘶哑了,他疲惫却又严肃地说:"小宇,下午他们来学校后,你让他们直接来找我。"

我心虚地看了他一眼,深深点头,低声说"好"。我知道,老班这次估计也要挨校长批了。以前也是这样,只要班级出事,班主任都有连带责任。

我悄悄给华立韦发短信,把校长巡查和老班发火的事都说了。我确实不知道要如何做才好,逃课肯定是不对的,也不知道他们会不会因此被开除。虽然我没逃课,但一样担心。在我陷入纷繁的假设和自责中时,校长怒气冲冲地推门进来了。

老班赶紧走过去,在校长开口前先检讨了自己,说三个逃课的学生是自己班上的,然后低下头等待校长的责备。

校长严肃地环视了教室一圈后,说:"今天逃课的三个学生,下午叫他们来找我。"

老班的脸一直阴着,我看到他走到教室门口时深深地叹了口气。

三

中午放学，我走出学校不远，华立韦他们三个逃课的同学就在一棵树后面叫我。他们犹如惊弓之鸟，眼神中写着"惊惶"，脸色也有些苍白。

"怎么样，校长来教室时发火了吗？"华立韦着急地问。

"校长都快爆炸了，哪能不发火！老班看来是既生气又失望，他让我转告你们，到学校后直接去找他，校长也让你们去找他……"我如实相告。

"怎么办呢？这次玩完了，可能会被开除。"另两个同学紧张地嘟嚷着。

华立韦一时无语，他六神无主地皱起眉头，双手不停地挠着脑袋，似乎想从头上挠出一个解决问题的好办法。

"要不，你们现在主动去认错，估计校长还没走，或是先去找老班，看看要如何解决？只是以后再不要逃课了，确实影响不好。"我建议道。

"找校长认错？"华立韦重复一句，他眉头紧锁地思考着。平时主意很多的他，这次看来也是无计可施了。

"听你的，这是唯一的办法了。"华立韦考虑半晌，终于下定决心。他带着两个同学急匆匆地进了学校。

四

我才吃完午饭，华立韦的电话就打过来了。

还好，他们选择主动去认错，而且态度诚恳，并且保证下不为例，被老班和校长轮番批评后，最后以一次"记过"结束了这件事。

或许这是最好的结果，我为华立韦他们高兴，无论如何，没有被开除就算是万幸了。当然这事也给了华立韦他们一次深刻的教训。

"小宇，你是对的，我应该听你的劝。谢谢你！"华立韦在电话中对我说。

听他这样说，我的脸倏地涨红，热辣辣的，还好隔着话筒，华立韦看不见，要不我该有多难为情！我是劝过他，但我担心得罪人，还是选择了明哲保身，如果我早点把这事汇报给老班，早些制止华立韦他们逃课，那就不会造成现在这样的局面了。

"你不知道，被校长追着时，我们就担心死了，说是'丧家之犬'也不为过……老班说得对，他说青春其实没有自己想象的那么长，玩着玩着一切都玩完了。人生的路是由一个脚印一个脚印累积而成的，而青春的每个脚印都是诗，走过了就不会再重来……"华立韦絮絮叨叨。

"青春的每个脚印都是诗"，多美的语言呀，我没想到，老班在盛怒之下还如此有诗意。

五

华立韦收敛了，他的改变让人刮目相看。他不仅没再逃课，而且上课也认真了。最最让我觉得了不起的是，他考试时不再抄我的答案。他说，就算不及格也不能抄袭了。因为老班告诉他，抄袭和偷没什么区别，都是不劳而获。

"其实去网吧玩游戏也没什么意思。"课间聊天时，华立韦对我说。

"你真的都想明白了？"我逗他。

"真的想明白了，老班和校长都对我说了很多。"华立韦一本正经地说。

"那以后，我们一起努力。学习上的事，需要我帮忙的说一声，我愿意帮你。"我真诚地对华立韦说。我觉得，作为好朋友就应该帮助他，让他变好，而不是包庇他，纵容他犯错。

我和华立韦的友谊算是真正建立起来了，在以前，我更多的是不想得罪人，以明哲保身作为自己的原则，仔细想想，这样的做法其实是错误而自私的。我真诚地接纳了华立韦，把他当成自己真正的好朋友。

我一直谨记着老班对华立韦说的话——青春的每个脚印都是诗，我希望自己能够努力走好人生的每一步，让每一个脚印都扎实地印在地上，留下鲜明的痕迹。纵然人生平凡，也要留下些许的精彩。

我想华立韦也已经明白了，他的改变就是最好的证明。

在青春里呼啸而过的倒洒金泉

一路开花

一

说李向南是云南省宣威市第六中学文笔最好的学生，一点儿也不为过。不说别的，光从写情书这一点来看，他就完全可以成为让后人膜拜的大师。

大伙儿都知道，陈小旭和李向南平时好得穿一条裤子，可陈小旭第一次给喜欢的女生写信，就被李向南阴阳怪气地狠狠批评了一番。为这个破事，陈小旭和李向南还大吵了一架。

陈小旭特别不服气地说："向南同学，别以为自己有点儿文采就了不起，你别忘了，你的数学考试可从来没有及格过。我的情书怎么了？情真意切，直抒胸臆，说实在的，我自己觉得一点儿也不比当年徐志摩写给陆小曼的情书差。"

"哎哟哎哟，得了吧，哥们儿，咱先不说信里有几个错别字，就冲你那股酸劲儿，完全赶得上咱大云南曲靖市的酸浆米线了。你说你情真意切，我是真感受不出来，不说别的，你都写了快一页了，还没个主旨，这要是作文，能得几分就不错了。"

李向南这一番话，差点儿没让陈小旭吐血。

陈小旭气得一把扯住李向南的领口，说："小子，咱们就来个历史重现吧！哥哥就给你一个活命的机会，古有曹植七步成诗，今有向南八步作文，我宽松点儿，给你八步，如果八步之内，你写的东西不能打动我，哥直接把你从咱们老东山的倒洒金泉上扔下去。"

说到这儿，我简要介绍一下吧，倒洒金泉是宣威市的一个著名景点，位于乌蒙山中部，四季均有溪水直流山涧，而涧口终年大风呼啸，常把流下的清澈溪水从空中倒刮回观景台，似雾似雨，因此得名。

李向南笑笑："小旭啊小旭，一看你就没啥写作天分，看过周星驰的《功夫》没？里面火云邪神有句经典台词——天下武功，无坚不摧，唯快不破。这一句，就是最高的写作技巧。不管你写什么，进度一定要快，要在第一句就迅速调动起读者的阅读兴趣，你磨蹭半天都没进入主题，换谁都不想看下去。这信，如果是我李某人写，开头根本不必那么长，一句话足矣，就凭这一句话，我就可以把人物、时间、心情交代得清清楚楚，而且还比你写的动人。"

二

事实证明，李向南确实是个文学天才，他才写下第一句，陈小旭就厚着脸皮要包下他下周的每日三餐。

他第一句怎么写的呢？很简单——

"初次见你，是在流光遍地的阳春三月，窗外刚下过一场惹人哀思的纷飞细雨。"

李向南开始夸夸其谈："兄弟，看见没？时间，阳春三月；人物，我和你；心情，惹人哀思。我没胡诌吧？比你那写的一大篇，是不是更让人有想读下去的欲望？"

"哥哥，我错了，为表歉意，你下周的三餐我全包了，如果哥哥胃口不错，想吃点儿消夜，那也没问题。小弟只有一事相求，务必要将此文写完。"

陈小旭那狗腿样，和《爱情公寓》里的曾小贤绝对有一拼。

李向南一听有这等好事，高兴地说："放心，兄弟一定帮你搞定！"

可惜，刚因为这事吃过一顿早餐，李向南就被政教处请去喝茶了。

那封感人肺腑、虐心虐骨的情书还没来得及拆开，就被柳菲菲的班主任拿去了。

李向南不明所以，但看完老师提供的"罪证"，他就彻底无语了。陈小旭果然是个天才，不然，他怎么会把最后署名为"李向南"的部分都誊抄进去呢？

此刻，李向南心里只有一句话："天哪，不怕狼一样的对手，就怕猪一样的队友啊！"

李向南"大义凛然"，主动承担错误，说自己是一时大意，才犯了这等原则性的错误，请老师和同学们原谅他。

李向南真是命苦，换做以前，这样的事情肯定是被批评几句就算了，可今时不同，他恰好碰到新校长上任，而这位新校长正忙着狠抓学风，树立正反典型，所以，毫无疑问，李向南当之无愧地坐上了反面典型的宝座。

三

学校不但给予通报批评，还给李向南彻底"成名"的机会，就是在中午的时候，通过全校广播，大声朗读自己的检讨书。

收听这个广播的音响设备，每个班都有。以前是用来听学校发布的通知和英语听力，现在，是用来听李向南的"丰功伟绩"。

陈小旭感动得热泪盈眶，说李向南完全就是现代版的武松，不但重情重义，还豪气冲天。

李向南一战成名，他的朗读还没结束就被"正义之师"给掐掉了。因为他说为了让全校同学都认识到他的错误是多么可耻，情节多么恶劣，他决定把罪证先给大家播报一遍。于是，第一段才刚刚念出，整个学校的局势就完全失控了。

好事的学生们在班级里大喊:"放过天才!放过天才!"

没办法,班主任只能把手机扔给李向南,让他叫家长来一趟。

李向南的爸爸是个暴脾气,当天,李向南被狠狠揍了一顿。

事情只能这么告一段落了。但从此之后,李向南确实出名了。不说本校有人找他签名,就连别的学校的学生听说此事,都有人专程过来请他出山,"高薪"聘请他撰写情书。

可惜,李向南已决定"金盆洗手"。于是,他唯一写过的那封情书,便成了众多学生的膜拜"神物",在私底下疯狂传阅。

陈小旭因为此事,和李向南彻底结下了"革命友谊"。

四

不过,因为流言四起,柳菲菲大受干扰,曾一度饱受奚落,成绩一落千丈。可惜,陈小旭并没有因此停止对她的追求。

年少的时候,好像每个人都做过同样的事情。我们都天真地以为,喜欢一个人,就要大声告诉她,如果她不曾动心,那就必须通过自己的坚持来感染她——我们不但没有想过,青春该用来干吗,甚至不知道真正的喜欢,是要让对方变得更好,而不是成为彼此的困扰。

柳菲菲主动约陈小旭去春游,这件事让陈小旭连续一周都跟打了鸡血一样兴奋。

在乌蒙山的倒洒金泉上,柳菲菲哭得像个泪人:"陈小旭,求你了,不要再喜欢我,也不要再给我写信,更不要送莫名其妙的礼物给我,我不像你,有优越的家境,我只能靠自己,学习是我通往梦想的唯一途径。如果你真的喜欢我,就应该尊重我,而不是只顾自己的感受,打着喜欢的旗号来伤害我……"

倒洒金泉的溪水被大风吹送空中,落成一地冰凉的大雨。

那天,柳菲菲走得很早。陈小旭站在雨中一动不动,好像也哭了。

他仔细把前尘往事好好想了一遍。他到底有多喜欢柳菲菲呢?他答不上来，他也不知道。他连自己将来要干吗，梦想究竟是什么样都不清楚，他又怎么能让柳菲菲变得更好呢？

也许，他的喜欢只是因为柳菲菲漂亮。他说不出来，心里像堵了一块巨石，疼得涕泪交流。他第一次觉得自卑，觉得自己一无是处。他目送柳菲菲离开的时候，仿佛看到了她在为梦想而努力狂奔的身影，而自己，不仅没有前进，还不断地往后退。

五

陈小旭并没有因此奋发图强，奋起直追。毕竟，生活不是电视剧，更不是小说。他有过改变的想法，但一切已经太迟，因为当他坐在教室里开始认真听课的时候，他才发现，自己完全像是鸭子听雷一样。

没过多久，陈小旭就退学了。

退学前一晚，陈小旭和李向南在KTV里一遍又一遍地唱着五月天的《你不是真正的快乐》。分别的时候，陈小旭紧紧抱着李向南说："兄弟，希望你好好为梦想努力一次，我知道我已经没有努力的资本，可你有，你完全来得及，咱们兄弟两人，总有一个人要上大学，要扬眉吐气……"

那是李向南第一次掉眼泪。

后来，再也没人见过陈小旭。听说他毅然拒绝了他爸让他分管家族企业的决定，只身去了上海，每天在车水马龙的城市里奔波，只为送完当天的快递。

就在那个多雨潮湿的七月，李向南拿到了一所普通二本院校的录取通知书。陈小旭高兴得从上海坐长途火车回来看他。他们在宣威一中对面的巷子里吃炸洋芋。陈小旭捡到一个皮包，里面放了一万块钱。陈小旭说"见者有份"，死活要分给李向南五千。

当晚，李向南给陈小旭写了一封信，内容大致如此："兄弟，我知道那钱是你故意放在那里的，那皮包很久之前你用过，也许你已经不记得。我家境贫寒，确实急需这笔钱缴纳学费，我就当是你借给我的，我暂且收下，当然，我不会让你失望，在未来的两年里，我肯定会用我自己赚来的稿费把这笔钱还给你。"

回上海前，陈小旭独自去了趟倒洒金泉。他不知道自己退学的决定是对是错，但他很喜欢现在的自己，起码知道明天该干什么，起码知道自己并没有想象中那么了不起。

大风又带着溪水下了一场雨。在同样的地点，却再也不能拥有同样的心情。他坐在雨中，看着当日柳菲菲远去的树林，给自己发了一条短信："原来，青春就是一次让每个人都找到明天的旅程。"

守灯

侯发山

凌晨两点，守灯正睡得迷迷糊糊的，被妈妈叫醒了。

海那边，万家灯火，海这边，黑漆漆一片。守灯随妈妈进灯塔里巡视了一遍，没有发现异常，便开始保养机器。眼下是夏天，白天这里五十多度，只能把活儿攒到晚上干。一台台设备锃亮光洁、一尘不染，无疑，这是妈天天擦拭的结果。

守灯五岁之前没离开过这个岛，对这个足球场一样大的岛再熟悉不过了。这里没有土，没有草，到处都是光秃秃的，想种点儿蔬菜都难。日头太毒，从外面运来的土过不了几天就被烤得焦干。台风一来，这些土很快就会被刮散，被海水冲走。上学后，守灯每到假期返岛的时候，都不忘背上一大包泥土，好让妈妈踩一踩，接点地气儿……给养船半个月来一次，送些蔬菜和淡水。周围除了鸟叫、风吼和浪涛，寂静得没有一丝生气。他们先后喂过五只狗，因为寂寞和孤独，结局都一样，狂叫着跳进了大海……

妈妈清理完灯笼，又用牛皮软布擦拭灯器。守灯说："妈，我来吧。"妈妈不让，说："擦这个是要紧的活儿，也是很细的活儿，用力要适当，要有耐心，稍不小心就可能造成损伤。"

看着妈妈认真的样子，守灯心疼地说："妈，您这辈子就没想过走出这荒岛？"

妈妈叹道："说不想是瞎话，但是，灯塔离不了人，若是夜里灯灭了，就会出大事。"

守灯知道，这个小岛周围有多处险滩、暗礁，夜间过往的船舶都需灯塔指引，方能安全通航。

天际泛白，渐亮渐红，大海也由黑暗变得光亮起来。接着是一道红霞慢慢地扩展，辉映在无边的海面上。片刻，一个金红色的圆边露出来，一点一点地扩张、上升。后来，它似乎憋不住了，一下子蹦了出来。刹那间，这个金红的圆球发出夺目耀眼的亮光，海上射出万道金光……尽管守灯在这里看过多次日出，此时还是禁不住由衷地赞道："太美了！在这里看日出一点儿不亚于'蒲门晓日'。""蒲门晓日"是岱山的一个景点，是观赏海上日出的好地方。

"守灯，你马上就要大学毕业了。"妈妈岔开了话题。

守灯明白，妈妈的潜台词是：你毕业后有何打算？妈妈还不到50岁，头发已经花白了，脸色黑红黑红的，额头上一道道的皱纹像刻出来的一样。守灯鼻子一酸，说："妈，我想把您带到城里去，让您安享晚年。"

妈妈固执地说："我不走，我要在这里陪你爸。"

守灯的爷爷民国时期就在这里看护灯塔了，后来他爸爸接了爷爷的班。十多年前，爸爸被台风卷走后，妈妈就接管了守护灯塔的任务。妈妈说，虽说没有找到爸爸的尸骨，但是他的魂在岛上，在灯塔里。

"为啥给你取名'守灯'？守灯守灯，就是要确保灯不出问题，让来往的船只安全地经过。"妈妈大声说，似乎生气了。

妈妈终于把话挑明了。她曾不止一次地说过，他的命是渔民给的，生他的时候难产，当时台风突降，大雨倾盆，是渔民叫来了医生，才保得母子平安。

"你不回来，妈就一个人守！"妈妈的声音哽咽了。

随着守灯的成长，小岛也在悄悄地发生着变化，灯塔变了，塔身由矮小到高大，灯塔能源从乙炔到干电池再到太阳能。装上新设备后，妈妈看不懂设备上的英文标识和操作说明，原理也搞不明白。只有小学文化的她就自学英语和航标专业教材，每天写工作日记，积累了丰富的经验。如今，她已摸索出了一套初步诊断和治疗小毛病的方法。

守灯决定跟妈妈摊牌，不能让妈妈胡乱猜疑了。他揽过妈妈瘦小的肩膀，说："妈，我在学校跟导师进行了智能化航标系统设计的课题研究，实现遥测遥控功能不再是梦想。不远的将来，岱山附近的近二百座灯塔，不，全国的五千余座灯塔，都会采用自动化系统，就不用人看守了。"

"真的？"妈妈又惊又喜，眼里蒙了一层雾。

守灯重重地点了点头，说："妈，您放心，塔上的灯不会灭，我心里的灯更不会灭！"

"你这孩子，咋不早说？"妈妈轻轻捶打了守灯一下。她眼里的雾散了，泪出来了。

这时，一艘船舶从灯塔旁边缓缓经过，拉响了汽笛，嘹亮、悠扬。守灯心里暖暖的，满满的。他知道，船舶是在向灯塔致敬，是在向妈妈致敬，也是在向他致敬。

你不是一棵小草

张以进

18岁那年,我被分配到一所偏僻的山村中学去教书。当时,我教的是初一语文。开学第一天,我就看到班上有个很特别的学生——一个坐着轮椅的男孩子。

还没去学校,我就听几位朋友说过,教学竞争很激烈,多做点儿成绩,为的就是早一天离开这个地方,争取往县城调动。班上出现这样的学生,无疑会严重影响我的教学成绩。下课后,我立即跑到校长那里,声嘶力竭地想让校长把这个学生调走。校长根本没有理会我的争辩,也没有答应我的要求,他说,是这个学生选择了我这个老师。我不想听任何理由和解释,我知道我的前途和命运很可能就毁在这个学生手里,但我却一点儿办法也没有。当我无可奈何,满脸泪水地打开校长室大门时,我愣住了——那个学生竟然也在外面泪流满面。

我从学生家长那里知道他的名字叫罗晓云,一个非常喜欢蹦蹦跳跳的孩子。两年前,他在从外婆家拜年回来的路上,遭遇了车祸,被压断了双腿,家里为他花光了全部积蓄,却仍然没有保住他的双腿。他父亲哭泣着哀求我:"老师,您一定要收下他。孩子说过,他一定会听话的。"看着泪水涟涟的父子俩，我再也没有了拒绝的勇气。

开头一段日子，罗晓云确实很听话，为了照顾他的生活，我还发动班里的几位同学组建了爱心行动小组。可没多久，我就发现他上课时经常心不在焉，很多知识也是一知半解。一了解，原来是他车祸期间，家长和老师没有给他补课，上课的时候很多知识都听不懂。没有办法，我只能在课余时间去他家里补课。

在罗晓云家，我一边给他补课，一边从侧面了解他的爱好，发现他最喜欢听的歌就是《小草》："没有花香，没有树高，我是一棵无人知道的小草，从不寂寞，从不烦恼，你看我的伙伴遍及天涯海角。春风啊春风你把我吹绿，阳光啊阳光你把我照耀，河流啊山川你哺育了我，大地啊母亲把我紧紧拥抱。"每当他唱起这首歌的时候，他的脸上就神采飞扬。我问他为什么这么喜欢这首歌，他回答说："我是一棵小草，一棵无人知道的小草。"我知道他的心结还没有解开，遭遇车祸后，失去双腿的他孤单而寂寞，读书的成绩也比较差。怎样才能让他鼓起勇气呢？

回校后，我在整理资料时，突然发现一本获奖证书，那是在师范学院的文艺演出中，我表演的歌舞作品获得了优秀文艺作品奖。想到罗晓云那么喜欢《小草》，我的脑海中灵光一闪，突然有了一个新点子。我一边给他补课，一边陪他练《小草》这首歌。

两个月后，在学校组织的文艺大会演中，当坐着轮椅的罗晓云声情并茂地唱完歌曲《小草》时，全场掌声雷动，评委会特别授予他特等奖。当我推着轮椅带他领完奖后，他拉着我的手久久不愿松开。我也趁机对他说："晓云，你不是一棵小草，你会长成一棵参天大树，唱歌能行，读书肯定也能行。"

第二天，罗晓云交给我一篇名为《小草》的作文，里面写着这样一段话："我是一棵被寒风吹折的小草，当我绝望的时候，我遇到了张老师——一位美丽的天使，她是我的春风，她是我的阳光，让我这棵小草渐渐成长……"读着读着，我被深深地感动了。我把这篇作文认真修改后，推荐到县里参加"小作家"征文大赛，结果获得二等奖。

从县里领奖归来，罗晓云改变了很多，我也趁机给他推荐了《钢铁是怎样炼成的》等书籍，并给他讲了一些身残志坚的先进人物事迹，鼓励他敢于面对生活的挫折，让他对生活充满信心。

罗晓云的学习成绩进步很快，好几次竟然在学校和县里的语文知识竞赛中获得了名次。两年以后，不知是谁把消息报给了新闻媒体，当地的报纸和电视台以《你不是一棵小草》为题，对我和罗晓云的事情进行了专题报道，让我这位默默无闻的山村教师成了"名人"。原本让我最担心的一个学生竟然成就了我的梦想，我接到了县城第一中学的调令。

告别罗晓云和全班学生的那天，我和全班学生一起唱起了《小草》："没有花香，没有树高，我是一棵无人知道的小草……"

"你不是一棵小草，你会长成一棵参天大树。"这是我对一个坐在轮椅上的学生的鼓励。其实，在我的生活中，这句话也一直激励着我自己，在教学之余，我一直利用业余时间不断创作故事作品。当我的作品在全国的故事刊物不断发表时，我也会对自己说："你不是一棵小草。"

海是一座没有围墙的城

　　沈素白还记得蓝小雨说过的话,海是一座没有围墙的城。可如果说,海真的是一座没有围墙的城,那青春呢,不也一样?因为再漫长的青春,也总有一个明天在等着帮忙收场。但沈素白相信,总要经过很多个明天,才有可能使今天成为过去。然而,明天,肯定又是一个崭新的样子。

我很在乎你

罗光太

一

父亲再婚的对象周姨，居然是苏小康的母亲。真不敢想象，这会是真的？

我和苏小康小学起就是同学，他是班上唯一我不愿意搭理的男生。他不仅成绩差、霸道，而且还撕烂过我的作业本，并且把玩具蛇塞进我的书包，害我在课堂上掏书本时当场吓得号啕大哭，我对此一直怀恨在心。我们从小学到初中一直同班，彼此间没有友谊。

我最担心父亲了，人到中年，突然多个十几岁的叛逆儿子，有他头疼的。苏小康很不友善，在家里，他只和他母亲说话，当我和父亲是透明人。他这么做时，我也会故意笑脸盈盈地和父亲说笑。当然，每次我和父亲谈笑风生时，我都会顾及到周姨，只是故意冷落苏小康。

周姨对我父亲很体贴，对我也很好。她不仅把一个家料理得井然有序，还烧得一手好菜。在心底里，我喜欢周姨。母亲五年前因病去世后，我和父亲相依为命。他工作很忙还要照顾我，家里常是脏衣服成堆，厨房更是油烟淤积。周姨的到来，改变了这一切，也让久违的笑容回到了父亲脸上。

如果周姨不是苏小康的母亲，那该多好。

二

吃饭时，父亲找苏小康说话，苏小康爱理不理。

我气不过，大声嚷："喂！你是聋子还是哑巴？我爸和你说话，你听不见吗？"苏小康抬起头，瞪着我。我不甘示弱地对视。

"小康！"周姨低低地斥喝。苏小康犹豫片刻，还是重新低下头。

"没教养！"我嘟囔着。

"你说什么？再说一遍。"苏小康重重地放下碗，"腾"地一下站起身。

"怎么，想打我呀？"我也站了起来，刻薄地说，"你要记清楚，这里可是我家。"

"烨烨，这里也是小康家，我们是一家人。"父亲及时纠正我。

苏小康愤愤地说："吴烨烨，我会记住这是你家。你在同学中说的那些话，我也会记住。我不会赖在你家的，我妈也不是你们家的免费保姆。妈，我们走！"

苏小康说话时，眼眶红了，起身就要拉起周姨离开。父亲慌忙劝阻，我一阵心悸。我确实对身边的同学说过这些话，但我当时只是想划清和他的界线随口而出的，我没想到这些话居然会传到他耳中。

"啪！"一声脆响，我的脸上严严实实地挨了父亲一记响亮的耳光。我捂着火辣辣的脸，冲回了房间。那天晚上，父亲一直待在我的房间，和我说话。我背对他，一句也不肯听。

父亲说了苏小康一家的事。他的父亲是一名军人，在一次抗洪抢险时，为了救一个落水的女娃葬送了自己的生命。"他母亲谢绝了部队的照顾，一个人带着孩子……"父亲声音哽咽。他很努力地控制自己，却忍不住抽泣起来。虽然那个被苏小康父亲救起的落水女娃不是我，但我的生命却是一名消防战士冒着生命危险救回来的，那是发生在我六岁时的一场火灾。

想起小学时，苏小康常常穿着破衣服去上学，头发脏乱，我还和同学一起嘲笑他是"流浪儿",也骂他是"野孩子"……陷入往事中,我的泪水涌动。

三

初三升学考前,我生病了。周姨整夜陪在医院,守在我的床前。那段日子父亲出差在外,家里煮饭的事全靠苏小康。每天,他都会送饭到医院,但我们没有说话。他离开时,我伫立在窗前,望着他离去的背影愣神。

在周姨的悉心照顾下,我很快出院了。那时,离中考只剩一个多月的时间。苏小康对中考漫不经心;他不像我那么用心准备。我为他着急,悄悄把复习笔记放在他房间,可他没动过。

一天体育课,不知什么原因,苏小康和程勇打了起来。程勇是校篮球队的,瘦弱的苏小康哪是他的对手!来不及多想,我冲进人群,挡在了苏小康面前:"程勇,你凭什么打人?"程勇疑惑地盯着我说:"吴烨烨?你不是很讨厌他吗?我正帮你出气呢!"

"你管什么闲事?"我忿忿地说,我知道程勇一直对我很好。

"你的闲事,我管定了,我就打这没爹的野种。"程勇说着,又一脚踹到苏小康身上。

我拉着程勇的手,拉不住时,狠狠地在他手腕上咬了一口。程勇没想到我会咬他,痛得大叫:"吴烨烨,你疯了,咬我?"

"你必须马上收回你的话,向苏小康道歉!"我气势汹汹地说。

我转身想帮苏小康擦去嘴角的血迹时,他猛地推了我一把,我一个趔趄,重重地摔倒在地。我不解地望着苏小康。他愣了一下,推开人群,撒腿跑出了学校。

四

苏小康很晚了都没有回家。我吃不下饭,一直站在窗前发慌。爸爸出差了，周姨上夜班，家里只剩我一个人。等到午夜，我没有信心再等下去了，关好门跑出去找他。

我不知道他会去哪儿。我一路走，一路呼喊着他的名字。一条街又一条街，公园、河畔都没找到他。我的眼泪汹涌而出，哽咽着叫："苏小康，你在哪儿？你出来！"

夜风凉爽，我的心却开始冰凉，我的呼叫那么凄凉和无助。我不知道苏小康跑去哪儿了，实在累了，便坐在龙津河畔，搓着疼痛的脚，望着苍茫的河面，禁不住哭起来。

"哭什么？回家吧！"当苏小康突然出现在我面前时，我吓了一跳，随即跑过去紧紧抓住他的手，生怕一松手，他又会跑得无影无踪。

"你担心我？"他目光闪烁。我低下头，不敢看他。原来他一直躲在家门前的绿化带后面，看见我出门，也听见我在喊他的名字，但他故意不回应我，远远地跟着我，走了一条又一条长街。

"你现在为什么出来了？"我愤怒地问。

"不想看见你哭。"他说。那天夜里，在龙津河畔，我们像兄妹一样，肩并肩坐在一起，说了一整夜的话。

五

中考后，苏小康去了省技校，学的是烹饪专业。我考上了市里最好的高中。在苏小康去技校的前夜，我们又一次来到龙津河畔。

"我妈在家里全靠你了。我会好好学的，学成后可以炒几个好菜犒劳你。"苏小康说。

"胸无大志，男孩子怎么会喜欢学煮饭？"我说，心里很替他可惜。

"每个人都有自己的人生，选择做自己喜欢做的事，不好吗？"他反问我。

"好是好，只要你自己喜欢。放心吧，周姨也是我妈，我们会互相照顾的，记得也写信给我爸，他很在乎你的，让他开心些……"说着，我拍拍他的肩膀。

人生就是这么奇妙的事，如果不是父亲再婚，我和苏小康之间不会有任何联系，更不会有这段同行的日子。

我很庆幸自己学会了珍惜和感恩。

生命中的那场流星雨

明至尊

岁月是一条汹涌无声的大河,而我们,都是随着泥沙滚滚而下的石头,在不断地磨砺翻滚中,消了棱角,淡了豪情。只有记忆,缤纷纯美,如花一般在心头舞了多年,夜夜丰盈着我们渐行渐稀的岁月流年。

1998年10月,校园里的桂花开了,那点点的米黄,仿如好奇又含羞的少女,躲闪在浓荫中间。忽然,一个消息传开了,凌晨一点有一场百年不遇的流星雨。

一整天,宁静的校园里到处都是三五成群谈论流星雨的同学。我说得少,只在心里默默地多了一份期待。

晚上十点,下自习了。晚风清凉,天空湛蓝,一弯月,瘦瘦的,挂在西天。我们躺在寝室里,却没有丝毫睡意。

室友小胖忽然提了个问题:"流星来时,你们会许个什么心愿呢?"

大家一下来了兴致,乱哄哄地答着"我想当个歌星""我想成为一名企业家"……

有人反问:"小胖,你的心愿是什么啊?"小胖嘿嘿地笑着,有点儿不好意思。"说啊,胖子。"小胖从床上坐起来,摊开双手:"左手江山社稷,右手知己红颜……"小胖话还没说完，乱纷纷的枕头已全砸向了他。

窗外，星月如画，我想，如果要在流星面前许愿的话，我只想要"红袖添香"。

想着想着，我竟和衣睡着了。

"流星来了！"半夜时分，不知谁喊了一声。我惊醒了，随着人群匆匆地来到了顶楼。

抬头，只见一道一道的流星，闪着晶亮莹白的光，静静地划过广漠的天宇，仿佛一天清凉的烟花，在我们的头顶次第绽放，繁华落尽，再生繁华。

楼顶很快就挤满了同学。先还不时响起声声惊叹，不久，这一颗颗年轻的心灵都静静地，与湛蓝的天空坦诚相对，默默感受这天与地的清凉与华美。

流星时而一枝独秀，如绝美的唐姬，在那么短的时光里，将一生的激情绽放；时而二三同行，遥遥相对，似相携相守的一对妙人；又蓦然地，几十枚流星一起奔来，如花一般大朵大朵地绽放……

更深露凉，手抚栏杆，那么多的同学，竟然没有一个回去，心中都充盈着一份静谧而美好的情绪。

挤在我身边的，是邻班的一个女孩，娟秀的面庞在莹莹的星光下明媚动人。她那双小手扶在栏杆上，脸上是动人的、清纯的微笑。我情不自禁地望向她。她也看着我，笑了笑，又举头看着天空。

一个多小时，我们就这样时而互望着，时而静静地凝望星空，一点儿其他的想法都没有。我想，她就如这流星一样美好，深深地打动了我。我们之间或深情或无意的对视，亦是纯美无瑕，不关风月。

凌晨4点40分，流星雨终于落下了帷幕。同学们一个个地散了，只是下楼时，大家都静默无语，或者还沉浸在满天流星的情韵之中吧。

今年五一劳动节，在县城熙熙攘攘地的街头，我忽然发现一位女士隔着汹涌的人流高高地举起右手，微笑着朝着我挥舞。是她，就是流星之夜，与我一起看流星雨的她。我也笑了，高高地举起双手，迎着风挥舞。一分钟后，她转身，没入人流。

我想，在这短短的一分钟内，我与她，又一次看到了那满天缤纷的流星雨，又忆起了那一段年华如玉的青葱岁月。

这才蓦然想起，那一夜，只顾着惊诧于流星的华美，竟然，什么心愿都没许下。

海是一座没有围墙的城

一路开花

一

那年秋天，林子萱刚上高一没多久，成天拉着死党蓝小雨去隔壁班的走廊上晒太阳。

每次车玉达从教室里出来，蓝小雨都会坏笑着说："来啦来啦，你的'水壶王子'来啦！"

水壶王子这个绰号是蓝小雨给车玉达私下取的，因为身材有点儿胖的车玉达不管走到哪儿总是背一个军绿色的大水壶，摇头晃脑，招摇过市，那模样，跟电影《硬汉2》里面的老三差不多。

林子萱自己都搞不明白为什么会喜欢车玉达这个胖小子，长得不帅也就算了，还没什么运动天分。最要命的是，他本来就不是什么坏学生，还偏要装成流里流气、吊儿郎当的样子，让人看了就忍不住想上去揍他两拳。

蓝小雨起初以为林子萱是偶像剧看多了，对帅哥产生了短暂性的审美疲劳，过些日子就会好。可没想到，一个多月过去了，林子萱还是对车玉达神魂颠倒,成天拉着她去走廊晒太阳,偷看车玉达——蓝小雨知道这次惨了,死丫头林子萱是动真情了。

林子萱虽然不是"猛女",但也忍受不了这种暗无天日的暗恋。经过一个晚上的深思熟虑,林子萱决定在第二天中午放学之后实施跟踪"A计划"。

第二天中午放学后,车玉达跟往常一样背着他的招牌大水壶出了校门。接着,林子萱和蓝小雨迅速跟上,像傻子一样在大街上东躲西藏。

这一次,她们不但把车玉达跟丢了,还惹得一群学生好奇围观,以为她俩在耍猴。

林子萱差点儿没气死,一把拉起正在地上匍匐前进的蓝小雨问:"你在干什么?外星人攻打地球了?"

"你不是叫我跟踪重犯车玉达吗?你不是说我绝对有发挥的空间吗?这种正面角色,我可是梦寐以求很久了!别打扰我好不好?那么刺激的场面,当然要把戏演足啦!"

蓝小雨的回答,彻底让林子萱精神崩溃。

没办法,林子萱只能改变策略,在傍晚放学之后实施跟踪"B计划"。

蓝小雨是个天生的大脑袋,侦探片看多了,成天就想着当特警出风头。要是再继续A计划,指不定要惹出什么事情来。

"什么B计划?你之前似乎没说过有B计划啊!"蓝小雨一脸疑惑。

"B计划就是没有计划。我们按照平常的样子,装作是和车玉达走同一条路回家,明白了不?"

"明白了,不过这样太不刺激、太没有挑战性了!你确定不搞点儿创新?"蓝小雨斜着头问。

"确定,一定以及肯定。再创新,估计我就要被送进疯人院去了!"

二

B计划果然奏效。只是跟到北京路的转弯处,车玉达就忽然进了一家超市。

蓝小雨贼头贼脑地问林子萱:"喂,什么情况?怎么那么半天了还不出来,不会是碰上恐怖分子了吧?哈哈,太刺激了!要真是那样的话,我希望有个超级无敌帅的男售货员被绑架,这样,我就可以美女救英雄啦!"

说完这段话,蓝小雨几乎想都没想就直接冲进了那家超市。

情况果真万分危急,超市里真的一个人也没有,连收银台都空空如也。看来得抓紧时间,不然一定会出人命。

蓝小雨顺着货架一直走到头,忽然看见有一扇防盗门是虚掩的。

蓝小雨抓起一盒方便面,飞身一脚把门踹开。她本来是想在落地的时候来一个鲤鱼打挺的,可惜,平日缺乏锻炼,没有站稳,一下摔了个狗啃泥。不过,这绝对不会影响蓝小雨的霸气形象。虽然摔在了地板上,但蓝小雨还是扔出方便面,并冲着屋子里大喊了一声:"有炸弹!"

蓝小雨想,不管怎么说,屋子里的罪犯肯定是心虚的,见到这种阵势,肯定要急急忙忙跑出来大战三百回合。所谓惊慌错乱,马有失蹄,只要他们跑出来,蓝小雨就一定能用一箱矿泉水从背后把他们放倒。

不过,蓝小雨估计错误了,第一个跑出来的竟然不是罪犯,而是惶惑不安的车玉达。

车玉达满身怒气地打量因抬着一箱矿泉水而憋得面红耳赤的蓝小雨。

"你疯啦?什么炸弹?你想干什么?我们一家人正好好吃着饭,碍你什么事儿了?不用回答我的问题了,一看就知道你脑子有病,我还是报警算了。"

车玉达刚提起电话,蓝小雨就冲上去按住了号码盘,说:"嘻嘻,大哥,你误会啦,我见你们超市没人,以为是被劫持了,正想美女救英雄呢。其实,我是路过,顺道买点儿东西的。"

车玉达斜着眼睛瞅了瞅面前这个蓬头散发的疯丫头,才注意到她胸前那块明晃晃的校牌。

"真没想到,我们学校还有你这等'梁山好汉'?真是失敬。说吧,要买点儿什么?"车玉达满脸无奈。

"哦,你这里最贵的是什么?"蓝小雨趾高气扬地问。

"就中间货架那个,看到没?西湖龙井礼盒装,两千八一份,小姐,您要几份?是现金还是刷卡?"

"急什么?我说要买了吗?就算我要买,也得先总体了解了解你们超市的情况吧?来,接着给我说说,最便宜的是什么?"

"哦,最便宜的,喏,那头角落里的麻辣肚丝,五毛钱一包。平时卖不出去,快过期了,现在正做活动呢,买一送一。小姐,您是要买这个?"

蓝小雨思前想后,觉得实在硬撑不下去了,只好自己给自己找台阶下。

"小二,本小姐平日山珍海味吃太多了,今天想尝尝老百姓的味道,就来两袋那个什么麻辣肚丝吧!嗯,不是买一送一吗?那我给你一块,另外五毛不必找了,当是赏你的小费!"

三

蓝小雨觉得,林子萱这 B 计划真是让她丢人丢到家了,因此,成天有事没事就管林子萱要什么精神赔偿。

林子萱赖不过她,只好时不时地给她点儿小恩小惠。毕竟蓝小雨也是个黄花大姑娘,脸面还是挺重要的。况且,她的确打探出了车玉达的家庭住址。

不过,就算林子萱能给蓝小雨一盏神灯,也弥补不了她的心伤。

高一第一次期中测验,蓝小雨数学 15 分,全年级倒数第一名。

刻薄的数学老师不仅不安慰人,还当众讽刺蓝小雨是头脑简单之辈。

蓝小雨真是气坏了。不过,她虽然有点儿神经,可偶尔还是比较理智。她知道,数学这门学科在短时间之内是不可能有较大提高的,因此,她决定选一个速成的渠道来证明自身的价值,并给数学老头还以颜色。

当天下午,蓝小雨就去年级办公室报了秋季运动会的女子八千米环城长跑。

体育组的老师目瞪口呆地看着蓝小雨的枯瘦身材,像复读机一样不停地求证,"你确定吗?""你想好了吗?""你吃得消吗?""你真的要报吗?"

蓝小雨最后火了，"老师，您是要我写个生死状呢，还是搞个责任承诺书？"

要知道，三年来，这所学校都没人报过这个项目。一群只知道死读书、读死书的人，哪里有时间去搞什么体能训练！

蓝小雨报环城长跑的消息，马上轰动了整个学校。

林子萱苦大仇深、两眼汪汪地看着蓝小雨说："丫头，你怎么了？你这是怎么了？你为什么要走这么一条不归路呢？你还有我啊，你怎么能这么想不开呢……"

"我这是要扬名立万、扬眉吐气懂不？不是去自杀！"

林子萱知道，事到如此说什么都没用了。学校的大红榜单都贴在宣传栏里了，哪里还有撤下来的可能？

蓝小雨可不是盖的。自从大红榜单贴出来，她就彻底成了学校的知名人物。

蓝小雨自觉已经出了大名，便天天练习长跑。走到哪儿，都朝林子萱来那一句："哎哎，小秘，怎么办事的？让他们不要拍照啦！我是牛仔，我很忙，知道不？"

林子萱几度被逼到想要自杀，痛苦地说："蓝小雨，你是真疯了还是真的疯了？哪里有人拍什么照？你不会都出现幻觉了吧？"

对于林子萱这类丝毫没有幽默细胞的人，蓝小雨从不搭理，甩过头，换个方向，继续自娱自乐。

不过，蓝小雨心里还真有点儿担心。这次下了血本也流了汗，要是什么名次都没拿到，那就糗大了，不但要招来天天倒数、头脑简单的恶名，还要被别人数落成小脑下垂、四肢萎缩的低能儿。

四

秋季运动会如期而至。

环城跑道上站满了各个学校的啦啦队。选手们一个个身强体壮、摩拳擦掌，那蓄势待发的样子吓得蓝小雨直咽口水。

　　给蓝小雨开道的摩托车手是高一年级的篮球队长，沈素白。人长得一般般，不丑也不帅，因此，蓝小雨也就懒得再多看一眼。

　　倒是沈素白很不识趣，一直在唠唠叨叨地跟蓝小雨说什么长跑注意事项，譬如怎么呼吸啦，怎么放松心情啦。

　　蓝小雨没理他。枪一响，她就跟着摩托车呼哧呼哧地狂奔而去了。

　　刚开始的时候，蓝小雨一鼓作气冲在了最前头。跑到四千米的时候，蓝小雨就感觉双脚已经不听使唤了。脑袋在摇摆中变得越来越沉重，而深秋的冷空气则像刀子一样划着嗓子，硬生生地疼。

　　蓝小雨想：我必须坚持下去，就算今天死在这里，也一定要到达终点！

　　就这样，蓝小雨又极度艰难地坚持了一段时间。就在她放缓速度、准备慢慢恢复体力去冲刺最后的那一千米时，沈素白忽然冒出一句："大姐，实在对不起，我好像……我好像开错路了，这……这一段似乎不是赛道……"

　　一瞬间，蓝小雨别说自杀，连杀人的心都有了。

　　蓝小雨没有理会，还是继续向前跑。沈素白只能怯怯地跟在后面一路道歉："大姐，别这样，我们真跑错了，不能再跑了，你看前面车水马龙的，出了事怎么办？要不，我用摩托车载你回去好不？"

　　蓝小雨终于停了下来，扶着路旁的梧桐树一言不发。四五分钟后，蓝小雨休息得差不多了，二话没说，冲上去就朝沈素白的老脸送了一拳。

　　沈素白捂着鼻子，鲜红的血汩汩地从指缝里流出来。蓝小雨把脖子上的毛巾甩给他，皮笑肉不笑地说："小子，拿着使吧，大爷气消了。还有，那毛巾大爷不要了，你自己留着放博物馆吧！"

　　临走时，蓝小雨把沈素白按在地上，抢走了他裤兜里的手机，并恶狠狠地说："小子，我暂时没想到让你补偿我精神损失的办法，等我想到了，我自然会告诉你。你要记得，每天放学都要第一时间打下这个号码，如果有哪天你的手机不响了，那就代表你不想要了，本小姐自然会帮你处理掉！"

　　"大姐，那欠费了怎么办？"沈素白无辜至极。

　　"欠费？怎么可能？我想，一个聪明的脑袋应该算得清楚其中的利害关系吧？是几十块的话费重要呢，还是这个最新款的智能机重要？"

五

沈素白的脑袋差点儿没让他妈给拧下来。因为每次给沈素白打电话，那头传来的都是个女孩子的声音。沈素白他老妈严重怀疑自己的儿子已经陷入了早恋的困境，于是，天天坐在沙发上给他上思想政治课。

沈素白觉得自己冤得都快和窦娥成亲兄妹了。

为了结束这场噩梦，沈素白决定郑重地向蓝小雨道歉。

那天，沈素白把一周的零花钱全取了出来，直奔城南的文具用品店。当天下午，沈素白不仅花血本买了一个超大号的奖杯，还用激光在奖杯上刻了一大串的防伪标识。上面有蓝小雨的名字，还有女子八千米环城长跑的冠军颁奖词。

这颁奖词，那写得叫一个感天动地、热血沸腾，说得比奥运会冠军都要激奋人心。当然，不是沈素白写的。沈素白连语文试卷上的八百字作文都凑不够，哪有本事搞这么一串糊弄人的东西？

接到奖杯，蓝小雨就笑了，拍拍沈素白的肩膀说："兄弟，正所谓不打不相识，对吧？咱俩现在也算认识了，所谓四海之内皆兄弟，你说，如果兄弟有难，你应不应该施以援手？"

"应该！"沈素白几乎想都没想就给出了答案。一个女生都这么慷慨仗义了，我一个纯爷们怎么也得有点儿霸气吧？

"说得好，好兄弟！既然这样，那手机我先玩两个月。反正我也没钱买手机。兄弟嘛，有福同享有难同当，是吧？"

沈素白彻底傻了。在网上找了一夜的感言，绕了一天，下了血本，费了九牛二虎之力，到头来，这手机还是没要回来。

没晃几天，就到了高一下学期文理分班的紧要关头。蓝小雨和林子萱说什么也不能再接受数理化的煎熬了，她们决定逃离魔掌，直奔文科班。

不知是天意弄人还是时光穿越，理科成绩好得不得了的车玉达，竟然也选了文科班！更要命的是，那么多空位，车玉达哪儿也不去，偏偏选在林子萱后面。

林子萱的脑袋顷刻间就成高压锅了，又闷又涨，脸红得像喝醉了酒。她想来想去都想不明白，车玉达为什么跑来文科班？为什么会坐在她后面？为什么天天故意跟她搭讪？

那么多的问题，一直都没有答案。林子萱快疯了。

六

尽管林子萱烦得要命，可蓝小雨还是不顾她的死活，直犯花痴。没办法，这就是偶像剧和侦探剧看太多的后遗症。

这届文科班的语文老师苏千山，是刚从复旦大学毕业的才子。人长得帅不说，歌唱得又好。最离谱的是，他还能扣篮，而且单身。要命要命，蓝小雨这次彻底沦陷了。

文科班第一次模拟测验，车玉达在交卷之后用钢笔戳了戳林子萱的后背，悄悄递给她一封淡蓝色的信。

林子萱又发高烧了，头昏，颤抖，脑袋充血。

握着那封温热的信，林子萱的心差点儿从胸膛里跳出来。她想告诉蓝小雨，可又怕蓝小雨到处乱说。她想保守秘密，可是，这秘密又将她压得喘不过气。

没办法，林子萱只好一路跑着回家关上房门，独自欣赏这封令人不知所措的告白信。

林子萱一直把手紧紧放在口袋里，像是攥着一个极其珍贵的宝贝。她一路跑啊跑，跑啊跑，细密的汗汇成一颗颗晶亮的珠子从额头上滚落下来，从手心里冒出来，可她却一点儿也不觉得累。

信很单薄，就一张纸，而且已经被汗濡湿。不过没关系，对于林子萱来说，别说一张纸，就是车玉达只写一句话，那也足够了。

可是，看着看着，林子萱的眼泪就哗哗地落了下来。

车玉达在信中写道：林子萱，你好，其实我来文科班的原因，是因为我喜欢那个坐在你前排的女生，却一直没敢和她说话。我本来想坐在她后排，可惜被你抢先了。也许，这就是上天的安排，我们注定要成为无话不谈的好朋友。林子萱，明天你能主动把你前排的那个女生介绍给我认识吗？就说我是你的好朋友。

就这样，16 岁的林子萱扑在书桌上哭了又哭，哭了又哭。她忽然觉得自己是那么卑微，那么可怜，表面和车玉达隔得那么近，实际上却是那么遥远。

第二天，林子萱早早去了学校。她在学校的操场上跑了很久才进教室。她似乎想要把心里的怒气、委屈，连同对车玉达的爱慕都一起在急促的呼吸中吐出来。

林子萱真的把前排女生介绍给了车玉达。

车玉达在上语文课的时候跟林子萱说了声谢谢。蓝小雨看见，林子萱的眼睛里，一直蓄着两汪不争气的眼泪。

七

蓝小雨为了让林子萱开心，周末特意召集了一帮朋友去市区吃烧烤。

林子萱的确开朗了很多。出来的时候，蓝小雨一直在捣鼓自己的牙齿，又是吃肉塞住了。

幸好门口有辆私家车。蓝小雨凑近看看，驾驶座没人，于是，便肆无忌惮地对着后排的黑色车窗玻璃一阵乱抠。那形象，真是要多丑就有多丑。

就在蓝小雨抠出碎肉的一瞬间，车窗玻璃忽然摇了下来，探出一颗黑乎乎的大脑袋。

巧了，不是别人，正是不知死活的沈素白。他老爸开车带他们一家人出来吃烧烤，结果，他在车上睡着了。

蓝小雨瞬间恼羞成怒，把睡眼惺忪的沈素白骂了个满头包。

最后，蓝小雨提出了两点赔偿要求：第一，沈素白先生必须把刚才看到的画面全部从大脑硬盘里删除；第二，沈素白先生必须在三个工作日内朝蓝小雨小姐的建行账户上打三百块人民币，以作安慰。

沈素白拿着那张写有蓝小雨账号的纸条彻底懵了，说："喂喂喂，什么跟什么啊？电视里可不是这么演的啊！是我看见你的糗事，不是你看见我的好不好？按照剧本，你应该给我封口费，求我保密才对啊！"

几秒钟后，蓝小雨叼着牙签又回来了，说："小子，本姑娘千年难得一见的芳容都被你一览无余了，你说你应不应该给点儿出场费？记得，三天啊，多一秒我都会弄死你！"

好男不和女斗。沈素白只能认栽。不过，话说回来，沈素白还真搞不明白，为什么每次碰上蓝小雨，心情都特别好？

其实沈素白也不是省油的灯，家境宽裕，背景强硬，自小就是少爷命，没少让人惯出坏毛病。只是，不知道为什么一到蓝小雨面前他就彻底蔫了。坏脾气没了，少爷腔调没了，就连生气怎么生他都不清楚了。

事实证明，沈素白的确喜欢上了有点儿神经质的蓝小雨。因为经过这件事情没多久，学校就进行了作息时间大整顿。文科班学生，从原来每天8点进教室变成了7点10分开始早自习。

只是，这个改变和沈素白喜欢蓝小雨有什么关系呢？

八

自从作息时间调整之后，沈素白就成了所有老师最头疼的学生。因为他没有哪天早上不迟到。

其实天知道，沈素白每天都是6点起床。他之所以迟到，是因为他想见到蓝小雨。

按照规定，迟到的学生都要被登记下来接受处罚。刚开始很多人不适应这样的调整，经常迟到。于是，总是可以在早自习之后看到一大批学生垂头丧气地进教师办公室做俯卧撑。

执行这项处罚的老师，不是别人，正是语文老师苏千山。蓝小雨假公济私,自告奋勇地向苏千山自我推荐,甘愿免费担当"监罚大使"。

天公作美,那段时间苏千山恰好在杂志上新开了几个专栏,忙得不可开交,正好需要帮忙。就这样,蓝小雨顺理成章地和苏千山站到了一起。

蓝小雨总是以这样那样的借口和苏千山拉近关系。可惜,苏千山总是一副冷若冰霜的样子。

随着时间的推移,迟到的人数越来越少。不过,沈素白仍旧是每天光顾,恶习难改。

几次教育之后,苏千山彻底对沈素白绝望。于是,早自习之后,苏千山连办公室都懒得进了。

就这样,沈素白和蓝小雨每天早上都有了一段独处的时间。

蓝小雨为了做好工作讨好苏千山,铁面无私,执法如山,恨不得让沈素白多做几个俯卧撑。而沈素白,总是偷奸耍滑,嬉皮笑脸,惹得蓝小雨哇哇大叫。

偶尔,蓝小雨会站在苏千山的办公桌前自言自语:"哎,你说苏千山的'千山'这两个字,是来自'千山鸟飞绝'这句诗呢,还是'千山暮雪只影向谁去'这首词?"

每每这个时候,沈素白都会觉得特别难受。

有一次,终于被蓝小雨看见了,问他:"咦,你眼眶怎么红啦?好啦好啦,不就是做几个俯卧撑?你至于吗?不做就不做,好兄弟嘛,讲义气!要不是你每天迟到,照顾我'生意',估计苏千山早就把我炒了!"

蓝小雨说完这句话之后,沈素白再没迟到过。因为没人迟到,蓝小雨很快便失去了用武之地,重新回到学生行列。

九

沈素白问蓝小雨,什么地方约会最浪漫,蓝小雨竟然回答:"当然是火葬场啦!用行动证明,死了都要爱。"

说这些话的时候，蓝小雨正目不转睛地看着苏千山在楼下打篮球。

沈素白实在受不了这等刺激，决定先声夺人，给蓝小雨写封信。不过他有所顾忌，怕事情一旦不成，连朋友都没得做。

好吧，想来想去，沈素白最后决定用佚名的方式给蓝小雨写信。

这封信又让沈素白偷偷摸摸地在网吧里上网搜索了一晚上，东拉西扯地搞了一大堆，最后遴选出精华，誊抄在几张花花绿绿的信纸上。

当天下午，蓝小雨就在学校门口把沈素白给堵住了。

蓝小雨直接把那封信在沈素白面前抖开，说："小子，这是你写的吧？什么乱七八糟的？又是徐志摩又是沈从文的，大爷我不是考古学家，别跟我玩这一套！"

"你怎么知道是我写的？"沈素白的声音细若蚊蝇。

"你动动脑子行不？你天天迟到，天天迟到，天天在被罚人员名单上签字，我能不认识？再说了，堂堂高中生，有几个人能写出这么丑的字？"

沈素白再一次精神崩溃。

不过这头的林子萱也好不到哪里去。前排女生现在成了音乐委员，抛头露面的机会多了，暗恋她的男生自然也就增加不少。水壶王子车玉达更是蹭破了头皮，天天让林子萱帮他递纸条、传课本。

林子萱虽然不是什么杨门女将，但也不是胆小淑女。她想来想去，与其坐以待毙，不如奋力突围，以求生机。

计划确定，蓝小雨再一次成了林子萱的左膀右臂。

那天，蓝小雨悄悄把车玉达的水壶丢进了学校的池塘里。车玉达从厕所回来，看见水壶没了，那反应，完全超出了林子萱的意料。

车玉达丝毫不顾形象，直接冲到讲台上怒气冲冲地问："谁拿走了我的水壶！谁拿走了？如果再不还我，就别怪我不客气！"

那是林子萱第一次看到车玉达面目狰狞的样子。她忽然觉得陌生，觉得害怕。

最后是蓝小雨站起来说："水壶哥，你的水壶在池塘里，快去吧！"

十

　　蓝小雨和林子萱跟着车玉达冲下了楼。
　　车玉达毫不犹豫地跳进了池塘里，双手死死地抱着那个军绿色的大水壶。
　　林子萱呆了，幸好蓝小雨在旁提醒："快快快，按照计划行动！"
　　就这样，林子萱以极其优美的跳水姿势投进了池塘里。为这一刻，她上一周就开始了魔鬼式的游泳训练。
　　可惜，美女救英雄的喜剧在不知不觉中演成一出孟姜女哭长城的惨剧。
　　林子萱才信心满满地跳进池塘，就哭天抹泪地站了起来。原来，池塘里的水不过刚及腰身，这一跳，力道太猛，直接让脑袋和水池底来了一个完美的亲密接触，鲜血哗哗地往外涌，林子萱捂着脑袋哭得像个孩子。最后，幸好校卫队的人赶来把林子萱送进了医务室。
　　蓝小雨刚要跟着校卫队去医务室就被车玉达拦下了，说："蓝小雨，你还是不是人？你凭什么把我的水壶丢进池塘里？我怎么招惹你了？"
　　"你哪只猪眼睛看到是我扔的了？你有证据吗？人证、物证在哪里？"大庭广众之下，蓝小雨绝不能示弱丢了面子。
　　"你还好意思狡辩？如果不是你，你怎么知道在池塘里？池塘隔教室那么远，你有千里眼还是会透视？我原本以为，你就是有点儿神经病，现在看来，你不止有点儿神经病，而是很严重！"
　　车玉达的这番话，惹得众人一阵发笑。蓝小雨实在气不过，只好上去推了车玉达一把。
　　车玉达此刻正在气头上，全然不顾爷们形象，一出手，直接把蓝小雨摔在了地上。
　　好了，这一幕不偏不倚，正巧被刚打完篮球路过的沈素白碰到。
　　沈素白见状不妙，先朝车玉达抛了一个重球，而后，还没等车玉达反应过来，冲上去就是几飞脚。

结果可想而知。长时间不锻炼的车玉达哪里是篮球队长沈素白的对手？

俩人一举成名。全校学生都亲眼看见了这场校园暴力事件。

直到三方家长碰面，蓝小雨才知道车玉达是个单亲家庭的孩子。那个水壶，是他妈妈生前送给他的唯一礼物。

十一

为了表示歉意，沈素白的爸爸给了沈素白一笔资金，让沈素白带这几个朋友一起出去旅行。

原本以为车玉达会拒绝，可没想到，他竟然很爽快地答应了。嘻嘻，能不去吗？说实话，长那么大还没看过海是什么样子呢，现在有免费的机会，当然要把握啦！

林子萱和蓝小雨都想不明白，只有沈素白知道原因。

家长碰面之后，沈素白曾私下主动找过车玉达道歉。原来，他们有着极其相似的经历。车玉达的母亲是病逝，而沈素白的母亲是再婚，嫁去了美国，几年都没有回来过。

那天晚上，沈素白和车玉达聊了很多关于人生和梦想的问题。

17岁的少年，没有任何踏入社会之后的利益的纠葛，没有生存与生存的冲抵，真的可以在大打出手之后迅速冰释前嫌。这是多么美好的心境与时光啊！

在南宁北海，车玉达说："鱼儿多好啊，可以自由自在地游。"

蓝小雨苦笑着说："鱼儿有什么好？时时要警惕天敌的袭击，过得胆战心惊。而且，海本身也不过是一座没有围墙的城。再大的海，也有边际。"

林子萱看不下去，光着脚丫走过来，说："好啦好啦，别装啦，十几岁的姑娘大好年华，装什么深沉？"

那是他们一生中最美好的三天。没有家长的束缚，没有老师的责骂，也没有众人异样的眼光。他们可以放下一切心中的顾虑，放下倒数生和优等生的距离，放下被拳头挥过的仇恨与疼痛，在大海的怀抱里尽情泼洒青春的欢笑。

一天，蓝小雨听人说苏千山和重点班的外语老师订婚了，明年春天就结婚。蓝小雨彻底呆了。蓝小雨觉得她应该为自己做一个勇敢的决定。这样，即便是失败了，她也无怨无悔。

周三上午，蓝小雨直接跑到教师办公室问苏千山："你是不是订婚了，然后明年就结婚？"

整个办公室的老师都呆住了。

"是啊。"苏千山回答。

林子萱站在门口偷听，紧张得手心里全是汗。出乎意料，蓝小雨不但没哭，还欢天喜地送了祝福："哈哈，苏老师，班上很多人说是谣传呢，让我来证实一下，现在好啦，我们敬爱的苏千山老师真的要结婚了，一定要幸福哦！我代表全班同学预祝你们百年好合，白头偕老！"

蓝小雨一直没哭。下午整整三节课，她一句话也没说。

夕阳沉沉落去，在广袤的天际洒下一片金色的余晖。刚出学校大门，蓝小雨的眼泪就彻底决堤了。流云依旧在天边飘浮，将一颗颗眼泪染成炽烈的火焰。

林子萱认识蓝小雨这么久，还从来没见她哭过。就连那一次车玉达把她摔在地上，她也不哼一声。然而这次，她却哭了，而且是那么伤心，似乎要把一生的眼泪都在今天一并哭掉。

林子萱忽然觉得害怕。她怕莽撞的勇敢会让她和车玉达连最后的朋友都做不成。

这个世界那么大，林子萱没有在别的城市，偏偏在昆明。而那么多的人，林子萱没有喜欢别人，偏偏喜欢车玉达。这一切，都是缘分。然而，缘分本身也有好有坏。譬如，车玉达喜欢的是音乐委员，不是林子萱，这就是一种互相错过的缘分。

林子萱忽然决定要把这份脆弱的感情默默放在心里。有一天，这份感情兴许会被酿成酒，会被一个真正懂她的男孩子开窖取出，慢慢品味。即便这些可能都没有，她也可以肯定，很多年后，自己还是可以面露喜色地跟车玉达坐在一起谈天说地，就好像在北海边上一样愉悦。

第二年春天，苏千山真的结婚了。

蓝小雨怔怔地看着新郎亲吻新娘。她没哭，反而鼓了掌。她说，对于不成熟的青春来说，这也许最好的结局。十六七岁的少女，谁没有过这样的冲动？

蓝小雨告诉沈素白，她要努力考上中国最好的大学。沈素白虽然觉得机会渺茫得像买彩票中五百万一样，可还是很坚定地回答："记得帮我买车票，我肯定会和你一起去！"

沈素白还记得蓝小雨说过的话：海是一座没有围墙的城。可如果说，海真的是一座没有围墙的城，那青春呢，不也一样？因为再漫长的青春，也总有一个明天在等着帮忙收场。但沈素白相信，总要经过很多个明天，才有可能使今天成为过去。

然而，明天，肯定又是一个崭新的样子。

相逢在青春小站

阿杜

一

杨佳文是初二才转学来的,一个很平凡的小男生,个头不高,学习不好,唯一引人注目的是他那鸡窝般乱蓬蓬的头发。

如果老师没有把他安排成我的同桌,可能我也不会那么讨厌他,毕竟井水不犯河水。偏偏他成了我的同桌,挤走了我的好朋友玲子。他刚坐下来,我敏感的鼻子就嗅到一股浓郁的汗酸味。我鄙夷地瞟了他一眼,手不由自主地捂在鼻子上。他坐下来时,正展开笑脸看我,却遇到我厌恶的表情和手势,笑容顿时凝固在他尴尬的脸上。我还故意侧过身,把冷漠的脊背甩给他。

放学时,我和玲子一起骑单车回家。路上,我向她大吐苦水:"太倒霉了,老师怎么会安排他跟我同桌?为什么硬要拆散我们呢?""你是学习委员,成绩好,人缘好,老师是希望你能帮助他吧!"玲子说。"算了吧,帮他?我可没那闲工夫,他身上的汗臭味都快把我熏死了。"我一边做出很恶心的样子,一边把我故意冷落他和他的尴尬当笑话讲给玲子听。

"宇欣,你这个班干部可不能欺负新同学哟!"玲子说。"你心疼啦?要不你和他同桌吧,我成全你们。"我逗笑她。一直以来,我们都是无话不谈的好朋友。

二

同桌一段时间,我真是受够了杨佳文。他头发乱、穿得不好、身上有汗臭味也就算了,他上课还不认真,每天都要被老师点名批评几次,害得我也心慌意乱得无法安静听课。

第一次数学单元小测,他是班上唯一不及格的人。发试卷那天,老师又批评了他。他愣愣地坐在座位上,面红耳赤,头一直低着。我瞥了他一眼,不屑地想,简直就是臭咸鱼。

一下课,我就跑去向玲子诉苦,说杨佳文这不好那不好。"宇欣,你是班上成绩最好的,为什么不想办法帮帮他?"玲子一脸真诚地问。"你还真心疼他啊?干脆你和他同桌算了,我可不愿遭这份罪。"我撅着嘴说。"宇欣,你的善良哪儿去了?怎么现在变成这样了?"玲子严肃地说。看着她没有一丝笑容的脸,我执拗地说:"好,你善良,你怎么不去帮他?"就这样,我和玲子你一句我一句地争吵起来,谁也不肯让谁。

我和玲子多年的友谊竟然因为区区一个杨佳文而闹翻了,再看见他,我更是怒火中烧。这条臭咸鱼,自己不学好,还害得我和玲子为他而闹翻了。那段日子,我孤单难过,心如虫噬。我想不明白,玲子为什么要维护他,他值得我们为他吵架吗?

玲子看来是铁了心与我作对,她不仅主动去找杨佳文说话,还当着我的面对他说:"杨佳文,上课可要认真听讲哟,如果有不懂的,课后可以来问我,我会帮你的。"我在旁边一脸冷漠地看着他们。可能因为我凛然的表情吧,杨佳文一边听玲子说话,一边偷偷看着我,含糊其辞。"看什么看?臭咸鱼!"我狠狠地瞪了他一眼,转身走开了。

"宇欣,你怎能骂人呢?"玲子说。

"我骂谁了，你吗？"我盯着她问。

"你太让我失望了。"玲子不甘示弱。

"我没你主动大方。"我冷笑着。

见我们吵起来了，杨佳文忙调解说："算了，算了，不用在意我的成绩。"他不说话还好，他一开口，更是火上加油。"你给我闭嘴！什么时候轮到你说话了？"我冲他嚷，"你充当什么好人？知不知道，这一切全都是因为你这个祸害！"我这样一嚷，把周围同学都给镇住了，他们纷纷看向我们，不知道发生了什么事。

沉默片刻，玲子的眼中闪过一丝黯淡，她轻轻地说："宇欣，你真的让我失望，我为你感到难过。"说完，她一扭头走了。

风波虽然平息了，但我在同学们心目中的形象却大打折扣。我听到有人私底下评论我："她还班干部呢？嘴真损。""就是，看她平时挺淑女的，原来是个小辣椒。"刹那间，我就成了全班最可恶的女生。心里憋满委屈的我趴在桌子上呜呜哭了起来。

第二天，我找到班主任，强烈要求和玲子调换座位。班主任听完我的述说，沉思了一会儿，最后点头同意了。我心里乐滋滋的，心想：玲子，我就成全你，看你有多伟大。

三

玲子和杨佳文同桌后，事无巨细地关心他。杨佳文的成绩还真进步了，穿着也比以前更整洁了。听着老师在课堂上对他们的表扬，我有种说不出的难过。他们渐渐成了班上最受欢迎的人，而我却被大家集体孤立。我独来独往，冷漠的表情背后满是沮丧，其实，我渴望友谊，渴望玲子回到我身边。

后来，玲子单独来找过我一次，她劝我和她一起帮助杨佳文。但我因为拉不下面子，断然拒绝了她的请求。她的离开，让我黯然神伤。一直以来，我都很在乎我和她之间的友谊，毕竟我们曾经是很好的朋友。

一个周末，我独自骑自行车在街上闲逛。转到北市场门口时，一辆疾驶的摩托车突然就撞了上来。等我惊觉时，已经来不及了，连人带车摔在地上。顿时，我感觉全身都在痛，挣扎着爬不起来。骑摩托车的男子很凶地对我吼："你瞎了眼啊！"见我半天没爬起来，他竟然启起引擎，一溜烟儿地跑了。

"别跑！撞了人还想跑？"路人纷纷冲那个男子喊，但他根本不理会，反而加大油门一路狂奔，不一会儿就不见了踪影。"赶快打110！"有人提议。"别打了，那摩托车没有车牌，报了警也没有用。""原来是无牌车，难怪敢跑呢。"大家围上来七嘴八舌地指责那个逃跑的男子。

"宇欣，怎么是你？"突然传来熟悉的声音。我抬起头一看，心里"咯噔"了一下，居然是杨佳文。该不会落井下石，看我的热闹吧？"呀！你的手掌和膝盖都流血了，我先扶你去医院处理一下伤口吧！"他一边说一边伸手把我扶了起来。我机械地点了点头，身上的痛让我不想说话。被他搀扶着走，我觉得别扭，脸红得像抹了胭脂。想起自己对他的态度，我真是无地自容。

我一路低着头，不敢看他。他也没说什么，把我送到附近的诊所后，叫来医生帮我处理伤口。医生清洗伤口时，那种刺痛让我禁不住大叫起来。杨佳文紧握着我的手说："勇敢点儿，一会儿就没事了。"

离开诊所时，我注意到他的额头全是汗珠。送我回家的路上，他主动说起了他的事。他是从农村转学过来的，他的父母在北市场摆摊，每天他都会去帮忙……我悄悄转过头看了他一眼，这个和我一样大的男孩，其实并非一无是处。他明白父母的辛苦，知道帮忙，他还有一颗善良的心，即使我曾那样对他，他也不计较。

四

让我更没想到的是，当天晚上，杨佳文居然和玲子一起来看我。看见玲子，我难为情地低下了头。

"怎么？还不想理我？"玲子笑着说。

"对不起！是我错了。"我低声说，一脸愧色。

"好啦，过去的事就让它过去，我们还是好姐妹，对吗？"玲子坐在床边，搂着我说。我低头不语，偎傍在玲子身上，感受着她身上的温暖，心里也是暖暖的。

杨佳文是第一次进我房间。他指着贴在墙上的书法作品说："这字真漂亮，是你写的吗？"

"算你有眼光，这可是宇欣在初一时获一等奖的作品。"玲子说。

"宇欣，你真厉害，成绩好，字也这么漂亮。"杨佳文羡慕地说。他的真诚，我能感知。

"没什么啦，涂鸦之作，让你见笑了。"我谦虚地说，心里却乐开了花。

整个晚上，我们一直在聊天，聊青春的友谊，也憧憬美好的未来。夜风凉爽，把我们的笑声传得很远。

最后，玲子与我约定一起帮助杨佳文。她说："宇欣，你成绩那么好，不充分利用资源简直是浪费。"我笑着答应了，我真的不想再一个人独来独往。

就像玲子说的，人生是一场旅途，既然我们在青春的小站相逢了，我们就要好好珍惜这份情谊。毕竟，天下没有不散的筵席，走过这一程后，我们就会各自向前，唯有温暖的友谊可以长存心间，时时温暖自己。

秋日竹林旁那个吹口哨的男生

安宁

一

19岁生日那天,妈妈问卓尔是否记得几年前常在小区吹口哨的那个男孩。卓尔很认真地歪头想了片刻,说:"记得啊。"妈妈说:"听说那个男孩出国了呢,真看不出,当年那么惹人厌烦的一个小痞子,竟然就考过了托福。"卓尔笑笑,切下一份蛋糕,漫不经心地回一句:"哦,是吗?"

那已经是四年前的事了。那时她刚刚跟了离婚的妈妈,搬到这个小区里来。将一切都收拾妥当之后,卓尔欢天喜地地打开靠近自己卧室的阳台门,俯视这个小区的中心花园。在未搬进之前,妈妈问卓尔喜欢什么样的房子,卓尔微闭上眼睛,神往地说:"当然是推开阳台的门,就能够闻到花香,看到树木、蓝天、飞鸟,听到小虫子在歌唱啦。"妈妈点点卓尔的脑门,笑她:"你说的简直是豪华别墅呢。"但不过是一个星期,妈妈果真给卓尔找到了这样一处房子。

这个小区距离学校不过是一站路的距离,卓尔可以穿过一小片茂密的竹林,再绕过大片的夹竹桃林,爬过一片植满三叶草的山坡,而后沿着老城区高大粗壮的法桐走上片刻，便到了校园，而这绿色之路的源头，便是小区的竹林。卓尔不知道这片竹林在这里生长了多久，或许与这栋绿树掩映下的小洋楼同样年龄了吧！否则，那些竹子，便经不起那个每日吊儿郎当、穿风而过的男孩的折磨。

卓尔不喜欢这个被一个胖胖的女人叫为陈达的男孩。那日她习惯性地在阳台上看书，突然听到楼下有人"嗨"一声大叫，她循声看下去，便见陈达正举着一本书朝她晃着："嗨，王小蓝，是你的书吗？我给你送上去吧！"卓尔气恼道："对不起，你认错人了，我不叫王小蓝，我叫卓尔，卓越的卓，尔后的尔！"陈达突然在这句话后，得意地笑了，说："我记住啦，卓尔，下次再不会叫错你的名字哦！"卓尔看着他飞跑过竹林，白色的衬衫系在腰间，随风飘着，像一匹骄傲的战马，把书胡乱地放在斜挎的书包里，几乎掉落下来，这才明白，她被陈达骗了。

卓尔就是在那时，开始记下并讨厌这个自以为是的陈达。

二

陈达的家在竹林的另一侧，隔着这葱郁的一片绿，卓尔看不到他究竟进了哪一个单元，又躲在哪个窗户后面窥视着她。看不清，她也不关心，任他无聊地眯起一双小眼，嬉笑着看过来。大多数时间，卓尔是在卧室里学习的，除非是累了，她才会端一杯妈妈自己做的酸梅汁，在阳台上伫立片刻，将视线落到那片柔和新鲜的绿色上去。常常是卓尔一在阳台上站定，陈达的脑袋就在竹林里冒了出来。他的脑袋极其显眼，即便是楼前涌满了人，卓尔也能一眼就将他辨识出来。并不是他长得怎样帅，实在是，自从他们彼此知道对方的名字后，陈达就很神经地去剃了个光头。甚至在没有路灯的晚上，卓尔也能看到他闪闪发光的脑袋。

陈达的出现，还会伴随着无休无止的口哨声。他的口哨，如果不带了有色眼镜，听上去倒也是挺美。时而悠扬婉转，时而高亢激昂，大多数时候，像是一匹奔驰的山间野马，或者山涧的溪流，远远地，就让你知道是他来了。

偶尔，这哨声在竹林上空打个旋儿，便噤了声，定是陈达被自己胖胖的老妈给半路揪了回去。这戛然而止的哨声，还会有个惨烈的结束语，陈达用略带夸张的"啊"一声大叫，告诉每一个听他口哨的人，他又挨了老妈的棍棒。但是棍棒有什么用呢，他陈达是个刀枪不入的人，第二天嘹亮的口哨声一响，人人又可以看见陈达飞奔过小山坡，在小区的球场上，像猴子一样上蹿下跳了。

　　陈达的球技，在卓尔的眼里简直是拙劣。他常常就将球打到卓尔家的楼道里来，每次打过来，陈达都会在一群男生的嘲笑声里飞跑过来捡。如果恰好卓尔也在，陈达便会在起哄声里哼起快乐的小曲，似乎那些背后的哄笑不过是一阵小风，连他的衣襟都掀不起的，又怎能伤得了他的尊严？但如果卓尔在房间里安心地学习，陈达的口哨声起初还会欣悦，但捡到球离去的时候，则变得疲疲沓沓，像是暗夜里看完电影，睡眼惺忪地踱回家去。

　　但是有一次，陈达连这疲惫的哨声也给停止了。那次卓尔从学校补课回来，班里有个男生要借她的一本书看，正好顺路，便一起过来拿。他们经过球场的时候，恰巧陈达一个人在苦练球技。卓尔瞥他一眼，便与同学说说笑笑地转身离开。就是那一刻，卓尔看见陈达的脸色，一下子黯淡下去，昔日嘈杂的一张嘴，瞬间便失了声。走了许久，楼下才有嘭嘭嘭的球声响起来。几乎所有人都听出了篮球撞击地面时鲜明的失落和惆怅。

三

　　陈达那段时间安静了许多，好像一下子从世界上消失掉了。没有人关心这个常常在小区里惹是生非的小子究竟去了哪里。倒是习惯了他的口哨声的卓尔，在学习的时候，会觉得少了些东西；站在阳台上的时候，视线里也是空茫，昔日那些充满生机的球场、竹林、小道，都似乎被人消了音，静寂无声。秋天已经来了，风吹过来，竹叶便簌簌地落下来，像一首寂寞的诗。花草已经开始枯萎，风一紧，那衰颓便愈加厉害。

　　卓尔站着看了片刻，忽然有点儿落寞，转身便进了房间。片刻之后，她便听到有一个熟悉的声音在楼下喊她的名字。她返回身去，看到陈达，正笑嘻嘻地站在花坛边，手里拿一把菊花，傻乎乎地抬头笑望着自己。卓尔看见陈达招手让他下来的手势，并没有动，而是在二楼上淡漠地问他："你有事吗？"陈达却像是没有听见，依旧朝她招着手。他的另一只手滑稽地背在身后，似乎那里隐藏着什么秘密。卓尔又问了一句，他还是笑而不答。卓尔听到妈妈在叫她拿什么东西过去，终于烦了，转身去回应妈妈。

等她忙完琐事，已经过去半个小时，想起楼下的陈达，这才又歉疚地跑到阳台上去看。让她惊讶的是，陈达依然在那里，只是他在专心地写着什么。听到卓尔的一声"哎"，他抬起头，笑笑，而后将手里的东西挥一挥，又放在花坛边上，顺手将那把菊花也压到上面，这才朝卓尔飞一个媚眼，穿过了竹林。

卓尔看着风中怒放的菊花，心终于软下去，转身下了楼。菊花下压着的是一个精美的木盒子，打开来，竟是一颗颗红润透亮的山枣。山枣都是精心洗过了的，卓尔猜想它们是在山泉里被荡涤过的，否则不会有如此鲜亮的色彩。而那沁人心脾的清香，则让卓尔忍不住就捏起一颗放入口中。丝丝的甜，带着点点的酸，将卓尔的胃给深深地掳了去。

那个秋日的午后，卓尔坐在窗前，边吃着山枣，边看着陈达歪歪扭扭写在一张纸上的话："卓尔，我这几天去了郊区的奶奶家，被满山的好吃的给乐疯了，摘一些给你，希望你能分享一些我在山上的快乐。"

原来，陈达并不是因为感伤才安静了几日，他始终都是一个开心到没心没肺的男生。

四

那一盒山枣吃到一半，卓尔便放下了。她那时正忙着组织学校的一个诗歌朗诵大赛，连吃饭都常常来不及，更不必说注意楼下飞来跑去的陈达。她想这个单眼皮的男生，自有他快乐的方式，外人理与不理，对他当是没有太大的影响吧！就像他的口哨声在楼下响起的时候，卓尔所做的，依然是漫不经心地听着,除非累了,她并不会想到更多。

卓尔始终不知道陈达读哪所高中,他们从来没有在上学的路上碰到过,也没有在学校里听到过他的名字。卓尔对他的熟悉,不过是在一个小区,或者,再缩小一些,只是在小区里的竹林边上。越过竹林,陈达的生活是怎样的呢,卓尔不知道,也不关心。她已经忙得没有时间关注其他了。最初的一年,作为转学来的新生,她确实有过孤单,但如今的她,已经被所有老师和同学认可。她的周围,再也不是只有妈妈和小区。卓尔,已经开始飞翔。

所以理所当然地,她将过去的琐碎事情渐渐地忘记,包括与陈达有关的一切。

一转眼,便是冬天,小区里再也不见了昔日的人影。所有的人,似乎与动物一样,在这个冬天里休眠了。等到卓尔从忙碌的生活里静下来,这才发觉,这个小区,不只是安静,而且有些过分萧瑟了。她曾经习以为常的哨声、篮球撞击篮板的声音、夸张的喊叫声、卖弄的欢呼声,什么时候都隐匿掉了?

卓尔也只是这样想想,转瞬,她就将这些无关紧要的小事忘记,投入到很快就要到来的高考中去。

那一年的夏天,卓尔记得清晰,她难得有闲情,站在楼下的花坛边上,看来来往往的陌生人。陈达就在这时,远远地经过竹林。卓尔在那一刻,突然有一丝的惆怅,她想起自己已经半年多没有见到这个奇怪的男生了。她本想朝他挥挥手,让他过来,告诉她自己考上了北京的大学,可是还没有等她抬起手臂,陈达就一转身绕道走开了。

几天后卓尔收拾东西,在一个角落里,又看见了陈达送给自己的木盒。打开来,那些剩下的山枣,都已经缩成小小的核,那些鲜美的果肉,在时光里蒸发掉了。卓尔将山枣倒掉的时候,一张纸片飘了出去。卓尔疑惑地捡起,便看见了一行模糊的字:卓尔,你愿不愿意与一个爱吹口哨的男生成为朋友,而且,在不久的将来,同去一个城市读书?如果愿意,将这束菊花插到你的阳台上,好吗?我会耐心地等待,哪怕那束菊花枯萎、脱落到只剩下残枝……

　　卓尔终于知道，那个吹口哨的男生，怎样将一束被自己丢到角落里的菊花等到花残叶落，等到时光不理他们任何一个，慢慢流过。

开往年少时的寂寞公交

安宁

一

他清晰地记得,那是一个花已开到有些慵懒的初夏,他转学到离家稍远的一所高中读书。他是第一次独自出门,母亲不放心,跟到站牌下,看见写有 11 路公交的车远远开过来了,便用力地挥手。车还没有停下,门口便探出一个秀气的女孩子,略略腼腆地朝他的母亲喊:"连姨,坐车吗?"母亲微笑摇头,道:"是来送小辰坐车的,这孩子粗心,记得到行知中学的时候,帮忙提醒他一下好吗?"而后母亲便转过身,一把将他拉过来,说:"记得听你栀美姐姐的话。"他一向有些怕母亲的,那天不知怎么就鼓起了勇气,争辩道:"不过比我大几个月罢了。"母亲性子急,啪地从背后给他一掌,说:"赶紧上车,记得周末在校门口等你栀美姐姐的车回来。"他当时脸便红了,匆匆坐上车去,便低头假装看书,再不搭理母亲。

过了大约有 20 分钟吧,他的身边忽然飘过一丝清香,而后便听到一个温柔的声音说:"到了。"他慌慌地起身,跳下车去。一回头,却瞥见栀美也跟着跳下来,笑道:"嗨,还要不要这个?"他这才瞥见自己的书包落在了车上。他的视线慌乱地四处游走，最后不听使唤地，竟是落在栀美的脚上。他所受的教育，向来是严肃保守的，所以当他瞥见栀美的脚上粉色丝袜里隐约透出的一抹蓝色的蔻丹时，脸上竟是热辣辣地疼。他胡乱地将视线移开去，道声谢谢，便扭头向校门口走去。是听见身后车发动起来了，他才倏地定住脚，装作漫不经心地回过头去，却沮丧地发现，车早已拐过弯去，只看得到一缕毫无情绪的尾气淡淡散开。

那是他第一次如此关注一个女孩。此前，他的整颗心，都交给了功课，是到那时，他才发现，原来这个世界上，还有另外一个人，值得他交付生命与时光。

二

他开始向母亲打听一切关于栀美的消息，知道她是接替了自己因公致残的父亲来做售票员的。但因为年龄太小，单位不同意，最后是母亲找人求了情，这才将她的工作安顿下来。之前他屡次听母亲谈起这个大自己半岁的栀美，从没有在意，以为不过是像父亲工厂里那些早早退学打工的女孩子一样，因为过早地走入社会，眼睛里便沾满了世俗的尘埃，只一心想着挣些钱，给自己攒够了嫁妆，而后结婚生子。但却不曾想，只是一眼，便被她纯净温暖的双眸给掳获了去。

他原本不喜欢回家的，每次回去，都要接受父母轮番的拷问，关于成绩、关于生活、关于思想。他们皆是商人，所以对于读书便格外地看重，一心想着要他实现考入大学甚或出国的梦想。为此，他们不惜一切代价，也要让他读最好的中学，当然，也包括在没有考入大学之前，严格地规范他的思想，不允许他有丝毫贪玩或是早恋的迹象。正是叛逆的年龄，所以他宁肯在学校里埋头做题，也不愿回家听父母的聒噪。但自从遇到了栀美，一切，便像那春天的山野，忽然间，花就漫山遍野地开了。

他开始喜欢在周一的时候，就开始倒计时，盼着那可以坐公交回去的周末快快地到来。这样，他就能够与栀美同乘一辆车，在最靠前的位置上，看她售票，帮行走不便的老人寻找座椅；或是听她用山泉一样甘甜的声音报沿途的站名。这是一辆穿越整个城市的公交，因了喜欢栀美，不擅长记忆的他，竟是可以将所有经过的站名倒背如流。常常，栀美微笑着起身，略略羞涩地环顾一下四周，开始报站的时候，他也会在座位上，低低跟着栀美附和几句。有几次，栀美无意中看到他开开合合的双唇，突然就忘了下面的话，是他轻声地提醒，她才恍然如梦中惊醒，继续下去。但他还是敏锐地察觉到，栀美的语气里已然没有了先前的平静。

三

说不清楚是从什么时候开始，他与栀美之间有了某种外人无法知晓的默契。他站在校门口等车，数到100的时候，车恰好会停在身边；上车后靠窗的第一个位置，永远都没有人会坐；栀美口渴的时候，他的书包里总是恰好装了一瓶浸有新鲜柠檬的白水；他想起什么开心的事情，想抬头用微笑传给栀美时，她也正俏皮地歪头静静注视着他。

这样的秘密，似那沿途一闪而过的瑟瑟花草，以为不会留下痕迹，却不知，再返程的时候，它们已然成为一抹最明媚的风景。他终于写信给栀美，是在自己要去北京读大学的时候。他的信里只有短短的两个字，说："等我。"他知道栀美是明白的，两年的来去时光，每一次，他都在心里细细地记下，那么栀美又怎么能够忘记？

他在外读书的第一年，频繁地给栀美写信，将自己的一切都讲给她听。栀美起初还按时地给他回信，小心翼翼地将内心的思念一点点地在字间流转；似乎那情感是易碎的水晶，不敢触碰，只好缠来绕去地在边沿行走，试图寻找最佳的角度切入。可这样的尝试，不足一年，便倏然止了步。常常是他三四封信过去，栀美才会回一封过来，字里的敷衍与淡漠，如贝壳上的裂痕，浅浅，却是清晰。他有些着急，请假要回去，没想母亲却是打电话过来，劈头给他一句："你这一年，都做了些什么！一个不过是初中毕业的丫头，有什么值得留恋，让你这样一封封写信过来？况且，又是那样的朝秦暮楚……"

他几乎是愤怒地打断了母亲的话："栀美不是那样的女孩，你不要侮辱她！"母亲冷笑着吐出一句："不相信，那你自己回来看好了！"

四

他下车后，没有回家，就直接去找了栀美，但在她的单位没有寻见她的踪影，却是听到有人在他身后指点说道："这就是那个栀美甩掉的男孩吧，听说，家里也是有钱的，但到底还是不如富商更阔绰些，否则，凭栀美的聪明，怎会无端地选择一个离过婚的？"他在不远处听到这些话，很想返回身去，将那人恶狠狠打上一顿，但还是忍住了，跑到栀美上班的11路公交起点处，近乎绝望地等她。

他终于又看到他的栀美，依然是美的，在明净的车窗里，快乐地忙碌着。有那么一刻，他似又回到了年少的时光，他们彼此笑看着对方，只是看着，地老天荒似的，要把对方刻进自己的心里。但这恍惚的片刻，很快就被跳下车来，却转身逃走的栀美打碎了。他大叫："栀美！"但栀美在他的叫声里愈加地快跑，直至在一个拐角处，被突然而至的一辆自行车撞倒在地。

他要扶栀美起来，她却是决绝地一把将他推开去，而后站起身来，无比冷静又无比漠然地说道："你母亲已经告诉你了吧，我年底就要嫁人了，是个有钱的男人，你该祝福我的。"说完，她便拍拍身上的尘土，头也不回地走开了。

他并没有去追，他想追也是无用的吧，一个人的心变了，即便是风驰电掣的速度，也是追不上的。但他还是站在原地注视着栀美瘦削的背影，像一滴水慢慢融入喧嚣的人群，寻不见究竟哪个是她。

回校后，他便把自己的心封锁住了。他又变回那个一心读书的少年，为了某个并不确定的方向，拼命地学着，且不敢停下，怕那旋转的陀螺一住了脚，便会猝然倒地，再无生命。

转眼间，便是三年的光阴。期间他考过了托福，几乎成为这个城市里最早出国的人。而栀美则再无音讯，他曾装作无意地，想要从母亲的口中打听到栀美的去向。但母亲毕竟是精明，总是在听到这个名字后，警觉地看他一眼，而后便小心翼翼地岔开去，让他无从开口再问。他以为这唯一一次的爱恋，就这样因为栀美的背叛寂然结束，但生活偏偏在他要离去的那个暑假，一个转身，给他一个趔趄的结局。

五

那是他一次去母亲的单位，几个女人围在一起正聊着什么，见他来了，其中一个夸张地拍肩说道："你妈有你这样一个儿子，算是熬出来了，也不枉当年她那样辛苦将栀美调走。"他即刻诧异地追问过去，但对方却是欲要掩饰什么似的，慌忙地拿其他话题岔开来。他只好带上门，转身走开。但只是稍稍走了几步，便又试探着退了回来。那段晦暗不清的过往，就这样在几个女人的窃窃私语里，一点点地现出原本的模样。

他这才明白，当年，母亲在发现他写给栀美的信后，便大骇。毕竟是自己的儿子，知道从他这里切断，定是白费力气，便想到了毫无背景的栀美。母亲硬生生地告诉栀美，她与他之间是没有可能的，而且，将来他要出国，她一个初中生，只会给他的前程带来障碍。栀美曾经很努力地抗拒过母亲的威逼，但不久，单位便找了理由将她换掉。可不知为什么，几个月后，栀美又回到原来的公交上售票，而且，很快就传出她要嫁给一个有钱人的消息。

他一直不明白，为什么栀美要嫁给一个有钱人之后，还像外人说的，一直在那路公交车上工作了三年，直到他毕业那年悄然辞掉，再无音讯。他曾经一次次地猜测过，或许栀美只是单纯地喜欢这份工作，或许她并不想百无聊赖地闲着，又或许，她找不到比这更适合自己的工作。

这样的猜测，在他无意中遇到栀美一个昔日的同事时，终于戛然而止。关于栀美，那个同事只有简单的几句话："有些奇怪，执拗地要回来，且倔强地只做11路公交的售票员，到后来都改成无人售票了，她还坚持了几个月；走时，亦是悄无声息的，与谁，都没有打招呼……"

他将行前的一个星期都交给了 11 路公交。他在那个曾经满载了自己年少时所有爱恋的车上一点点找寻着栀美的影子。他看见他们曾一起向往过的高楼，看见他们趴在窗户上惊诧过的一树繁花，看见栀美说过要与他去爬的无名小山，看见在车抛锚的间隙，栀美跑下去捡拾的火红的枫叶，看见他无数次等待栀美来临的学校站牌，看见那些不知变更了多少名字的饭馆、酒吧、店铺……

可是，这样一下下用力将他的心割着的往昔，再怎样挽留，还是像一枚硬币，投进时间的洪流里便再无拿回的可能。而他所能做的，只有下车，将那枚硬币收起，不再交付给冲刷一切的时光。

而这一切，栀美曾经一站一站地，孤单找寻了三年。

温柔的雨夜，你会想起谁

　　一首很老的歌曲，我听着，听着，就想到了詹婧，想起那些遥远的往事，泪，突然就涌出眼眶。不是伤感，是怀念。在我们还没经历过浓烈的爱情之前，亲密无间的友情就是我们生命中最重要的情感依靠。

信手推窗，偏见明月

庐江布衣

一

西湖，是一湾瘦水。白石禅师的草庐，就在湖畔。

春花开谢，秋叶飘红。转眼，他已枯坐修行了三十余载，却不能悟。他的心中悲意渐浓，或许终此一生，他也只能做个凡僧。

一天夜半无眠，他披衣起身。无意中，伸手一推，窗户开了。蓦然间，只见一轮明月，饱满圆融，静静地挂在中天。那月光深情地照着大地，如水一样粼粼闪动。西湖一片波光，远山深沉静美。那满天繁星，深邃地闪烁……

一刹那间，白石禅师领略到了夜的深沉与大美。先是震撼、再是感动；再后，是一种从未有的宁静；最后，他面色祥和，微笑不语。

当一轮红日升起，他嘴角含笑，端坐圆寂。

那一夜，他悟了。

二

那年，是在江南，一个古朴优雅的小镇。她18岁，一个年轻得让人怦然心动的岁月。

槐花纷飞如雨。在那落满槐花的山道上，她梳着齐耳短发，白衬衫清澈如水，牛仔裤湛蓝如梦，衬得她人比花娇。她回头朝他浅浅地笑了一下。他们就这样认识了。

人生锦年，相逢未嫁。人生的种种相逢，还有比这更加美好的吗？

以后的几天里，他像个大哥哥似的，带着她去菩提洞、连心崖、独秀峰……走遍了山上每一条石径，看遍了山上的每一处风景。

离别终于还是来了，她很想洒脱地挥挥手，俏皮地说声再会，可是话到嘴边却化作了哭腔。就在转身的刹那，她泪流满面。而他，始终宽厚地笑着。

从此他们海角天涯，天各一方。她常想，离别的时候，只要他稍有表示，她就会毫不犹豫地陪伴他到海枯石烂，到地老天荒。

是他不懂她的心思吗？不是的。多情如她，聪慧如他，又怎会不懂呢？

可惜，人生锦年，多志多梦，年轻的他轻易就将她错过。

而今，一切都逝去了。逝去了，便无法挽回。

红尘碌碌，人生匆匆。她也终于想通了：对爱，我们不要要求得太多，只要有过那么一段美好的经历，或者仅仅是一个极短的瞬间，就够了。这世上，又有什么能永远留住呢？只要爱过并且无悔，这就够了。

只是她不知道，到了老时，坐在落叶的窗下，他想得最多的，却是她。想着想着，就无端地落下泪来。

三

这是一所清静寂寞的校园。中文系有位老教授姓方，满头银发，精神矍铄，慈眉善目的，在学生中声誉很好。

那是一个阳光温暖的午后，几个学生相约去老教授家借书。都是些年轻的孩子，进门不久，就放肆开来。大家一边在书架上翻书，一边彼此打趣，清脆的笑声如春水一样，在书房里荡漾开来。老教授沉静地立在窗前，含笑不语。

忽然，一张发黄的照片蝴蝶一样翻飞着落在了地上。一个女生捡了起来，娇呼着："这是谁呀，真美啊！"由于年代久远，照片早已斑驳脱落，人物的面容已看不清楚。但是，那身段依旧轻盈婀娜，别有一种清新出尘的气质，让人想到盛夏浓荫下的一枝新荷。几个男生闻声，一下子就聚了过来。可是，还没等大家看清楚，老教授就已奔了过来，一把夺过相片。

老教授紧盯着手中的照片，嘴角抽搐了两下，那眼圈就红了。紧接着，大颗大颗浑浊的泪水就滚滚而下。同学们都惊呆了，不知如何是好！

老教授压抑地抽泣着，满脸深深的悲意。过了半晌，才有两个女生试探着去劝教授。慢慢地，老教授终于哭出声来。他伏在窗前的桌子，越来越大声，号啕着，像个无辜又无助的孩子。

就在大家面面相觑之时，老教授的夫人走了进来，温和地说："你们回去吧，他哭完就没事了。"阳光斜斜地照进来，映着老教授夫人的脸庞，知性而安详。

走在初秋凉凉的风中，这些学生年轻的心中有了莫名的伤感，仿佛有无名的叹息在天地间回荡。

没想到，第二天中文课，老教授准时来了。依旧是笑眯眯的眉眼，依旧是精神矍铄。课讲到得意处，老教授坚定地挥舞着手臂，脸上神采飞扬……

学生们坐在台下，想起老教授昨天号啕的样子，恍如隔世。

信手推窗，偏见明月。人生的际遇与无常，生命的大美与悲凉，很多时候，不因人情，也不唯事理，而缘于一刹那间心灵与某种机缘的契合。

送花的少年

江北笑笑生

有一个梦，我做了多年。那是一个送花的少年，立在林荫下青绿色的教室门口，面容干净，目光深情，就如一株临水而居、汁水饱满的新柳。一阵风来，他的衣角飞扬，那花瓣，或洁白或淡紫，蝴蝶一样翩翩起舞……

这是一个真实的梦境，发生在我19岁那一年。

那是我读中专的最后一年，离毕业还剩一两个月，班级中洋溢着浓浓的离情别绪，同学们异常地亲密起来，三三两两聚在一起，仿佛要在这一两个月内把三年的话都说尽。男生一个个都大胆起来，平时藏着掖着的爱意，纷纷借着离愁露骨灼人地表白开来。

班里最美的，是一个叫清媛的女孩子，唇红齿白，面如桃花。她是无数男生心头的天使。这些日子里，她收到了许多的信和贺卡，上面写着的全是多情动人的句子。清媛也放下以往骄傲公主的架子，只要有男生约吃晚饭，就慷慨前往。她说，不想让他们太遗憾。每次吃完饭，男生都喝醉了，更有深情的，会满脸的泪水。我们立在走廊上，静静地看着，就如欣赏一幕感人的舞台剧。这种年少的初心，即使借着酒劲放肆开来，也美好得让人不忍打断。

终于，一天半夜里，清媛在被窝里哭出声来。清媛哽咽着说："男生们太好了，我太感动了，有时我真想化身千万，把他们每一个人都嫁了……"大家听了，一阵唏嘘，仿佛一刹那间有什么东西击在了心脏的边缘，柔柔的，让人直想流泪。窗外，是青绿的一轮月，小小的，伤感地挂在柳梢。

最为壮观的一次，是在一个晨读课上。一个邻班的男生，西装笔挺，系着个大红的领带，打扮得跟新郎似的，在我们全班人目光的注视下，手捧一束火红的玫瑰，大步走到清媛面前，双手献上玫瑰，异常虔诚地弯腰鞠躬，然后微笑离去，彬彬有礼得如中世纪的骑士。

全班一阵尖叫，又是一阵掌声，清媛的眼睛里闪动着莹莹的泪水。

这是一个万众瞩目的时刻。就在这一刹那，我听到了紫霞仙子对至尊宝说："我的爱人是一位盖世英雄，有一天他会驾着七彩祥云来迎娶我……"

这天晚上，我做了一个梦。一位面容纯净的男生，立在盛夏的浓荫下，有风清凉，一闪而逝。他举起手来，是一束康乃馨，风闪过时，就如星星一样眨着眼睛。他的眼睛明亮，却面容模糊，我努力辨认，却看不真切。

从那以后，我常常便会梦见一位送花的少年，场景不停地变换，有时是在碧蓝的海边，有时是在青绿的篱笆墙下，有时是在高天白云的山顶，他们都有着明亮的眼睛与青涩的面庞，他们有时送花给我，有时送给一个不知名的百合般的少女。背景里，绿树白花；天地间，音乐悠扬。

我想，送花的少年，是一种梦幻的憧憬，是一种纯净的美好。他会在每一个少女的梦中纯情地绽放，即便年华渐逝，但那送花少年的面容却依然纯净而青涩，一笑，就露出洁白的牙齿……

你是我的上上签

缪晓俊

我叫朱月坡，因为我妈把我生在赶往医院的路上，那是一片可以看见月光的山坡。在我17岁那年，我的生命里发生了三件大事：一，国家在离我家三公里的地方实行西部大开发；二，我从陕西户县的山坳里考进了南京工学院；三，开学的第一天，学生处的陈小北点名的时候，把我的名字念成了朱肚皮。

那天，我一个人拖着大大的木头箱子站在工学院的校园里，满眼都是郁郁葱葱的香樟树，知了在叶隙间叫得迷茫而慌乱。我去新生处报道，排了很长的队伍，负责登记的就是陈小北，他大声喊："朱肚皮，朱肚皮……"我说："我不叫朱肚皮，我叫朱月坡。"然后整个队伍就哄地笑起来，他嘴角牵动着，隐忍着不笑出来，那样子滑稽极了。倒是我先笑起来了。我说："你嘴里含着很多牙结石吗？"他说："是啊，你站远点儿，小心砸到你的脚！"队伍又一次哄地笑起来。

陈小北为了表示歉意，报到结束之后请我喝了珍珠奶茶。那是我第一次喝珍珠奶茶，轻轻一吸，无数的珍珠便争先恐后地往我嘴里钻。我很开心，后来我觉得，这应该是我17岁那年发生的第四件大事。因为我是我们村第一个喝过珍珠奶茶的人,我甚至在后来回村的时候,对我从前的同桌说:"喜欢我,就请我喝珍珠奶茶。"

　　陈小北请我喝珍珠奶茶,确实是因为喜欢我。开学的第二天他就过来找我,站在女生楼下死命地喊:"朱月坡,朱月坡……"原来是领了暖瓶替我送过来。他放下暖瓶刚走出去,上铺的费炎就喊:"我老乡说了,陈小北似笑非笑的样子阴得能把人膝盖里的风湿痛给勾出来,是个典型的茶壶,他有一堆茶杯,阿月你别做了……"不等她说完,门砰地被撞开,陈小北大喊一声:"朱月坡,我要是茶壶,那你就是我的暖水瓶!"

　　陈小北是四川大凉山子弟,性子耿得很,那以后,他便名正言顺地开始追我,早上买早饭送到女生楼的传达室,上公共课的时候帮我占座位,甚至在食堂里帮我吃大肥肉。我也喜欢他似笑非笑的表情,那么大的眼睛,暴露了一肚子坏水。

　　我大二的时候,陈小北读大三,他去附近的酒吧打工,晚上太迟进不了宿舍,便在离学校很远的地方租了一间农民房,还买了一辆28寸的破脚踏车,他常常骑了破脚踏车把我载过去。那时候他很穷,他就去水库钓虾,然后用电热杯煮给我吃,他不吃,看着我吃,看着看着,又可怜兮兮地说:"给我吃个虾头好不好?"

　　我们老去钓虾的水库旁边有个很大的垃圾场,有回我们发现在垃圾场附近的空地上居然长了好多的西红柿苗。我们向附近的农民借了一把锄头,把它们统统移到一个偏僻的地方栽起来,我们一有空便去照顾它们。陈小北用一个破罐子到水库去舀水浇苗。等再跑回来的时候,水已剩一半了,就这样来回地跑啊跑啊,那些西红柿越长越大,结了满满的果子,不过我和陈小北一个都没吃到,一夜间被人偷了个光。

　　圣诞节的时候,陈小北打工的酒吧开狂野派对,陈小北接了布置会场的活儿来做,我们从平安夜前一天中午就坐在地上开始剪那些花呀、拐杖呀、铃铛呀,一直剪到平安夜早上,剪得满手水泡。那是我们挣钱最多的一次,500块,我们商量了半天也不知道怎么花,最后我们决定去夫子庙吃鸭血粉丝。

在送我回学校的路上,他突然下车,掏出一个绒盒给我,打开,是一枚18K的水钻戒指。我说你什么时候去买的,他说你吃鸭血粉丝的时候啊,早就看好了的,一直没钱买。

大三那年,陈小北下模具车间实习,那个厂子离学校很远,但他每天都骑了那辆破车赶回来。那个时候学校的另一个男生在追我,他说怕他不在的时候我被人拐走了。

那个男孩子是大一的新生,高高大大的,长着一张抢银行的脸,却非要挤一堆蒙娜丽莎的微笑。第一次见我,就说请我喝咖啡,在学院路的"昔日重来",他说等我到9点,不管我去不去。

当然我没有去,甚至没有犹豫一下,放学之后我直接去了附近的五金店买钉子。回来的时候在女生楼下又看见他,看了一下表,7点50,我没有问他为什么没有等我到9点,都说食言而肥,看他肚子上的呼啦圈,就知道他的话是诺言,还是谎言了。他扬了扬手里的玫瑰说:"朱月坡,我喜欢你!"我也扬了扬手里的钉子说:"不想碰钉子就走远点儿。"

当然我买钉子并不是给那个男生碰,我是用来挂一幅画,是陈小北在模具车间刻的木版画。画中人是陈小北,深邃的天空,月华如练,陈小北忧郁地站在一片葱翠的山坡上……画的一角用2B的铅笔很工整地写着:你就是我的天空!我笑。刚好有电话打过来,接听,是陈小北,他说:"你把我的样子挂在宿舍的墙上,有人追你,你就指给他看,这是你男朋友。"

到我大三的下半年,陈小北已经开始忙着找工作了。他说他不想回大凉山,想留在南京陪我,于是每天捧着推荐表四处跑,四处碰壁。他便整天和一帮男生在操场上喝酒唱歌,那时候月光总是清冷,那帮男生的声音,哑哑的,疲惫地飘在风里:七月的无奈,我们尽量不去想,你说你的山,我说我的水乡。七月的无奈,我们尽量不去讲,哦,真的,七月真的很长……学校的大操场上总是散落的啤酒瓶和烟头,扫完了,又有,扫完了,又有……

去鸡鸣寺写生的时候,我求了一支签,签上刻着《诗经》里的一句话,七月流火。陈小北说,七月流火并不是七月很热的意思,七月指的是农历,大概是现在的九月,流火是指天蝎座最亮的一颗星划过天际,夏天就要结束了……

是啊,夏天就要结束了,新生要来,老生要走。在操场的草坪上居然看到上铺的费炎,还有追我的那个大一男生,他们居然恋爱了。不过倒也般配,一个叫费炎,一个叫费红忠,我不知道明年的七月,他们会不会像我和陈小北一样在走与留之间徘徊。

陈小北终究是回了大凉山。临走的那个晚上我们在校园里一遍遍地走,都不说话,倒是知了躲在郁郁葱葱的香樟树叶子后面没完没了地叫,叫得人心烦,陈小北喃喃地说:"叫吧,叫吧,叫死了也就一季!"他说完泪就刷地下来了。

甬道尽头有男生在弹吉他,旁边的女生在唱那首《七月》:七月的无奈,我们尽量不去讲,哦,真的,七月真的很长……女生唱着哭着,细细碎碎的发温柔地飘在风里。有老师路过,只是轻轻地叹息。

我把在鸡鸣寺求的护身符挂在陈小北脖子上,告诉他:"虽然这支七月流火的签是一支预言结束和分离的签,但这枚护身符可以化解我们所有的劫,等我毕业,我就去大凉山找你,你永远是我的上上签……"

第二天,陈小北就要离开了。一大群人拖着旅行箱在校园里默默地走着,空气里仿佛都有哭过的痕迹。到校门口的时候,突然有男生猛地回头,对着校园声嘶力竭地喊:"大学四年过去了,我很怀念它!"

温柔的雨夜，你会想起谁

魏樱樱

一

詹婧是我最好的朋友，虽说不是亲姐妹，但我们的关系却比亲姐妹还好。有同学逗趣我们是"同穿一条裤子"时，我们不约而同地回："是呀，还嫌裤管太大呢！"惹得大家一阵哄笑。

我喜欢和詹婧在一块儿，她也是这样。她曾对我说，一天见不到我就会想念。寒暑假时，为了能够见面，我们都央求父母帮我们报相同的学习班。我们一起学舞蹈，一块儿练琴。

詹婧很有舞蹈天赋，为了练一个高难度动作，她总是不辞辛苦，练得汗流浃背。其实我对舞蹈没有太大兴趣，但因为詹婧喜欢，所以就爱屋及乌。

我和詹婧之间有说不完的小秘密，我们常常头靠在一起，任乌黑的长发交缠，我们低声细语，诉说着零零碎碎的话。她的快乐就是我的快乐，我的烦恼就是她的烦恼，我们不分彼此。

我们都曾以为，我们会一辈子在一起。我们一起憧憬未来，兴奋得又蹦又跳。

二

上了初中后，虽然我们不再同班，但一下课，不是我去找她，就是她来找我。我们的教室在长长的走廊的两端，但这点儿距离算什么呢？我们常常在走廊中间相遇，然后相视一笑，倚着栏杆，手紧挽在一起，讲各自班上发生的趣事，笑得合不拢嘴，即使只是一块儿去卫生间，我们也有说不完的话。

我们都长高了，特别是詹婧，越发漂亮。舞蹈老师说詹婧就是为跳舞而生的，她悟性好，身材条件也出类拔萃。一群跳舞的女孩中，唯有她能让人眼前一亮。舞蹈中的詹婧就像只翩跹的蝴蝶，举手投足间风情曼妙。

我为詹婧高兴，却又渐渐地厌烦跳舞。其实一直以来，我都不那么热衷于跳舞，只因为詹婧喜欢，而我想跟她在一块儿，就跟着学了。学舞蹈很辛苦，那些别人学几遍就会跳的动作，我却总是记不住要领。在跳舞时，我很不自信，也得不到快乐。我很矛盾，我想做自己真正喜欢做的事，但又不想离开詹婧。

见我闷闷不乐时，詹婧问我怎么了，我不敢告诉她实话，因为我曾对她说过，无论做什么事，我们都要在一块儿。我隐藏起自己的不快乐，还是天天陪着她一起学舞蹈。但我的眼神出卖了自己，时不时的思绪游离让舞蹈老师大为光火，她说："你既然不喜欢跳舞，就不要勉强自己！"老师说得对，但我却没勇气承认，我怕詹婧不高兴。

"你是不是有什么想法，可以告诉我吗？"休息时，詹婧把我拉到角落问。我看着她关切的眼神，不知如何开口。其实我想告诉她："我不想跳舞了，这不是我的兴趣。"可是我怎么说呢？

"好朋友不是该坦诚相待吗？有什么事就说出来，我们一起解决。"詹婧鼓励我。"我，我不想再跳舞了，我喜欢看书、写作……"我支吾地说，但我在詹婧的眼中看见了一抹稍纵即逝的黯淡。她看着我问："你真的不喜欢跳舞？那为什么练了这么多年？就是为了陪我吗？"

我不敢看她，只默认地点点头。"那真难为你了。"詹婧说完后，转身离开。我坐在墙角，顿觉自己被一层厚厚的孤单包围。

三

我觉得自己背叛了詹婧，年少时，为了友谊，我曾信誓旦旦地对她说过，我要和她一起考舞蹈学院。她一直都以为我是喜欢跳舞的，但当我突然告诉她，我喜欢看书、写作，跳舞只是为了陪她时，她不知要如何面对我。她说，这样的陪伴让她有负罪感。

没有争吵，我们却渐渐疏远了。下课后，我们站在走廊的两端遥望，不知要不要走过去。她的身边有新同学陪伴，而我的身边也有其他人，我们张望着却又假装看不见对方。我猜想，她也是和我一样吧，不知面对面时第一句话该怎么开口。

有一天在操场跑道上四目相对时，我正鼓起勇气想叫声她的名字，她却被她的同学一把拉开了，她们手牵手，奔跑着与我擦肩而过。我回过头看她，她也回头了，只是我们都没再开口。望着她离开的身影，我的泪莫名滑落。我们怎么了？为什么会变成这样？

她的身影几次出现在我的教室窗口，我知道她一定是来找我的，但在我犹豫时，又一闪而过了，等我走出教室，她已经不见了。知道她来找我，我心里雀跃起来，放学后到教学楼的路口等她。可是她出来时，被一群女生围着，正兴高采烈地谈论学校即将要举行的舞蹈比赛。可能是聊得正欢吧，她没看见我。

我落寞地离开，委屈得像被这个世界抛弃。

舞蹈大赛就像是为詹婧举办的，她在舞台上出尽了风头，所有人都在夸奖她，说她是落入凡间的舞蹈精灵。密匝匝的人群中，我看着聚光灯下一脸笑容的詹婧，心里酸涩。

我却从不后悔，那些跟詹婧一起度过的跳舞时光，虽然我不爱跳舞，但那段记忆却是鲜活而美好的。

四

  我疯狂地迷恋上写作，把郁积在心中快要爆炸的情感宣泄出来。我把自己想对詹婧说的话都藏到故事中。那些一起走过的日子，那些欢笑或落泪的时刻，我都记忆犹新。

  只是那些文章还没变成铅字时，詹婧却先来找我了。她是来告别的，她说她要去新西兰，她们全家移民过去。这个消息来得太突然了，我根本反应不过来，直到她抱住我时，我才惊觉自己早已泪流满面。詹婧也哭了，她说对不起，直到最后才鼓起勇气来跟我道别。

  我想去送她，却没有送成。她离开那天，我去外地参加一场全国性的现场作文大赛。想着离别的画面，想着以后再也见不到詹婧，我在比赛现场流着泪写我们之间的故事，写那些平凡琐碎却令人温暖和难忘的点点滴滴。

  比赛回家后，我收到了詹婧临上飞机前从机场寄给我的信。她在信中向我道歉，说她为了面子，没勇气接受我去跳舞是为了陪她的真相，心里有很深的负罪感，觉得自己耽误了我太多时间。原本我们都可以在自己喜欢的事情上各自努力，但她从没问过我喜欢的事，理所当然地觉得，她喜欢的也一定是我喜欢的……我告诉詹婧，这不是她的错。虽然我不爱跳舞却坚持学了几年舞蹈，但这是我自己的决定。

  我的参赛作文《温柔雨夜，你会想起谁》获得了二等奖，我把这个消息发微信告诉詹婧时，她调皮地问我，你会想起谁呢？我知道，她一定懂的。

  我把那些已经变成铅字的写着我们故事的文章邮寄给她后，她给我打了电话，她说："以后我们都要做自己喜欢的事，不要迁就对方了，知道吗？要不，我会为此难过。""好，我知道了。就是想你时却见不到你，很痛苦。"我说。

  在电话中，我们倾诉着，一会儿哭一会儿笑，一切又回到了最初。只是，隔着远远的电波。

五

窗外的雨下个不停,我躺在床上,关了灯,却了无睡意。不远处,不知谁家在放音乐"因为爱着你的爱,因为梦着你的梦……所以快乐着你的快乐,追逐着你的追逐"。

一首很老的歌曲,我听着,听着,就想到了詹婧,想起那些遥远的往事,泪,突然就涌出眼眶。不是伤感,是怀念。在我们还没经历过浓烈的爱情之前,亲密无间的友情就是我们生命中最重要的情感依靠。

我想那时候,因为我们关系好,所以詹婧喜欢的,我也喜欢,她追逐的,我也追逐,就像歌里唱的那样。如果时光可以重来,我还有机会再次选择,或许我依旧会因为她喜欢跳舞,我也选择去跳舞,即使只是为了陪在她身边。

我又想她了,不知她在做什么,于是拿起手机给她发了条微信:"你那下雨了吗?我们这正在下雨,窗外的夜,好黑。"

"是吗?温柔雨夜,你想谁了?"詹婧回了句。

"你说呢?"

把手机放回床头时,我不自觉地笑了起来,脑海中是詹婧盈盈的笑脸。夜里,我又做梦了,梦见詹婧,她在舞台上像一只翩跹的蝶……

雷电先生,你一定要幸福

连小芳

一

雷电是我高一时的同桌,乍一听见他的名字,我吓了一跳。我叫夏雨。因为名字的关联性,我们很快就成了无话不说的好朋友。

雷电名字响亮,却是个长相毫不起眼的男孩子。他个头不高,眼睛深度近视,整天戴着瓶底般厚的黑框眼镜。他爱看书,鼓鼓囊囊的书包里总是至少有三本以上的课外书,天文地理、人物传记、科学探索、现代武器……什么类型的书他都能看得津津有味。

在我们班的男生中,雷电是以博学多才出名的,凡是学校里有什么知识竞赛,他一出马定能捧张奖状回来。雷电除了爱看书,还有超强的记忆力,所以平时读书不怎么认真的他还是能考个不错的成绩。

别以为雷电爱看书,他就是个闷声不响的书呆子,其实除了形象上文弱点儿,只要他一开口说话,你的这种想法就会改变。雷电能聊,简直是口若悬河,就连我这个以口齿伶俐出名的女生都甘拜下风。

其实我还知道雷电很会唱歌,他能把一首平淡无奇的情歌唱得死去活来。课间休息时，我常怂恿他唱歌。那时，我们的座位周围常常围满同学，大家听着他酷似阿杜的嗓音，欣赏着他脸上比杨坤还生动的表情，一个个笑得肚子抽筋。

和这样一个"开心果"般的同学同桌，我的日子过得畅快无比。

二

再快乐的人也有不快乐的时候吧！有一段时间，我突然发现雷电变安静了。虽然一直以来，他一捧起书本就判若两人，一副全神贯注的样子，但放下书本后，他就会活跃地大呼小叫，或放声高歌。

不看书、不说话、不唱歌的雷电，表情寂寞，眼中盛满忧伤，特别是他端坐着时，眼神涣散，让我的心不由得滋生出些微的疼痛。他怎么啦？好像变了一个人，那些快乐因子一夜之间全消失了。

看着垂头丧气的雷电，我凑过去小心翼翼地问："你怎么啦？雷电先生。"其实我是想逗他乐，让他能够笑起来。但他只是淡淡地瞥我一眼，没吭声。他不讲话，我就哑巴了，不知道再讲些什么好。我虽然平时爱嚷嚷，但面对一个满腹心事，一脸忧伤的人还是无语，我怕自己讲错话。"为赋新词强说愁"的年纪里，我们都有自己不愿言说的秘密，我懂，所以不能打破砂锅问到底。

后来，我还是从一个同学那里知道了雷电沉默的原因。他的父母在闹离婚，正为雷电的归宿和家庭财产的事闹得不可开交。那个同学的母亲和雷电的父亲是同事，我相信她说的，心里越发为雷电感到担心。

我有一个表哥，大我几岁，以前是品学兼优的好学生，后来因为父母离婚，学习成绩一落千丈，而且性情大变，从此对人冷漠而戒备。我不想雷电变成表哥那样。雷电是个真诚、善良的人，他曾经带给我那么多快乐，我一定要让他幸福起来。我知道亲情是世界上难以代替的感情，但我亦明白，人世间还有一种感情可以温暖受伤的心灵，那就是友情。

了解了雷电沉默不语的原因后，我考虑了一个晚上，想出了种种安慰雷电的法子，但左思右想又都觉得不妥，怕把事情搞砸，让雷电更难过，以为我在同情他。我知道每一颗年轻的心都特别要强，又特别脆弱，无论如何，我一定不能让雷电觉察到我在同情他。

三

接连几天，我都故意在雷电面前唉声叹气，装可怜。

一天课间休息时，我终于引起雷电的注意。他关切地问我："你怎么了？看你整天愁眉不展，一副惨兮兮的样子。"

见"鱼儿"终于上钩了，我大喜，但表面上依旧装出一副被人抛弃的样子，幽怨地说："活着真没劲儿，好心被人当成驴肝肺，还要和我绝交，这感情可真脆弱呀……"我编了一个故事，把自己的状况讲得无比凄惨。

"你那朋友太不理解你了。"雷电说。

"是呀！把一切想得简单些不好吗？不明白她为什么总把简单的事情想得那么复杂。那么多年的友情，她居然说要和我绝交，我都不明白我到底做错了什么！雷电，你凭良心说说，我这人怎么样……"我连说带演，表情悲切，义愤填膺，就差眼眶中有泪花涌出了。

"被人误会的滋味确实不好受。"雷电轻声说。

我很满意自己那天的演技，在雷电面前扮可怜，博得他的同情，我说："我心情不好，这样吧，放学后你请我去'好享来'，让我开心一点儿。"我知道面对一个弱女子的请求，颇有绅士风度的雷电肯定不会拒绝。

那天下午放学后，我和雷电一起去了步行街的"好享来"，一大杯冰凉的饮料喝下去，我盯着他的眼睛问："雷电，多年以后，如果唱起《同桌的你》时，你会不会想起我？"有些煽情吧，再加上餐厅悠扬、低回的声音，连我自己都有些被感动了。

雷电怔怔地望着我，良久，他才点头说："一定会的。"

我笑得一脸灿烂，很满意他的回答。

那天傍晚，我们聊了很久，我把自己小时候的趣事当笑话讲给他听，看见他舒展的眉，我终于宽慰了。

同桌那么长的时间里，彼此关系不错，但这是我们第一次打开心扉聊天。

四

那次深入聊天后，我和雷电的关系突然间就变得微妙起来。闲聊比以前少了，但我们会默默地关心彼此。

每天放学，我们一起回家。虽说只能同行一段路，然后在站台坐上相背而驰的两辆公交车回家，可我心里还是很高兴，因为我终于成功地进入了雷电的心灵世界。他不再把所有的注意力都集中在父母离婚这件事上，他也不再那么忧郁了。

我小心翼翼地把握着这份友情，最初是演，后来是自然而然地有感而发，所有对他的关心都是真诚的。

一天晚自习结束后，他突然提出要送我回家。我犹豫了一下，因为我已经听到一些风言风语，说我和雷电在搞"地下恋情"。在我呆愣的片刻，他说："就送一次。"声音很轻，却很坚决。"送两次也没关系。走吧！"我故作轻松，不想让他想多了。

晚归的公交车上，人很少，我们并排坐在一起。看着窗外飞掠而过的城市霓虹和黑沉沉的夜色，我心里莫名地有些兴奋起来。我没话找话，兴致勃勃地东拉西扯，不让彼此间因冷场而生出尴尬。雷电很配合，他一直说个不停，脸上始终洋溢着温暖的笑意。我注意到周围的几个乘客一直偷偷地打量我们，目光中满是不屑和惊讶。我才不管，甚至还故意放声大笑。

下了公交车，雷电还陪我走了一段路。路上，他轻轻哼起了《友谊地久天长》。昏黄的街灯把我们的影子拉得很长。

在我准备开口说再见时，雷电迅速却又轻柔地握了一下我的手，然后他转过身边跑边说："夏雨，再见！我要走了。"

我望着他跑远的背影，好一会儿才反应过来，心一直怦怦乱跳，慌乱却又甜蜜。

那个晚上，我第一次失眠了，满脑子都是雷电的影子。我知道拒绝他并不妥，但接受呢？我又根本还没有做好接受这种感情的准备。

五

仅仅隔了两天，当我星期一回到学校时，看到雷电的座位一直是空的，他没来上学。同桌近一年，他都没落下一节课，这次不知为什么没来。

那天上午，没有雷电坐在身边，我如坐针毡，心里一直堵得慌。就为了握一下我的手，他不敢来上学了？我有些气愤他的胆小。

老班上午没课，我不知道去问谁，脑子里乱乱的，总害怕他会出什么事。好不容易熬到午休，我冲出学校，找到最近的电话亭往他家打电话。可是电话响了半天也没人接听。那一瞬间，我有一种天塌地陷的绝望感觉，害怕他会从此不再出现。

我惶惶不安地熬到下午，提前加学校找老班，问他雷电为什么请假没来。老班的回答出乎我的意料，他告诉我，雷电转学了。

转学了？雷电转学了？为什么他连转学也不告诉我呢？我心里顿时满是失落。

雷电应该是在离开前把信寄出来的，第二天上学时，我就收到了他写给我的信，看落款时间，是在他送我回家的那个晚上写的。他说他父母最终还是离婚了，虽然他曾努力挽救，但失败了，心里很难过。但他会接受这样的结果。他选择跟母亲一起生活，毕竟离婚是父亲提的，他的存在多少可以给受伤害的母亲一些慰藉……他还说很感激我在他最失落的这段日子里一直陪伴在他的身边，他说他知道那些关于我和朋友绝交的故事都只是为了宽慰他而编造出来的……他说他很感激我的良苦用心，也会珍惜我们同桌一年来的快乐点滴。看着信，我的眼泪无法抑制地滑落下来。

怅然地看着身边空荡荡的位置，我已经帮他擦得干干净净了，但他再也不会回来。他已经去了另一个城市，有那里他会有自己的新同桌。

我不知道雷电是不是真的接受了父母离婚的事实，但我希望他能快乐起来，早日走出这段阴影，找回自己的幸福。

　　亲爱的雷电先生，你一定要幸福哟！

那个经常被我"欺负"的男孩

何罗佳仪

一

"喂!曹路生,你转过来一下。"我用笔捅了捅坐我前排的男孩。他红着脸回头后,我接着说,"下课后帮我把课堂笔记抄一下。"

容不得他拒绝,我直接把笔记本丢给他,然后拉着同桌婉媛的手欢快地跑出了教室。

"琪琪,你这样不好吧,又欺负曹路生,让人家给你抄笔记。虽然他老实,不爱说话,但你也不能这样对他,万一哪天他……"

不容婉媛说下去,我直接插话:"没有万一,他能怎么样?不就让他抄一下笔记吗?"

婉媛轻叹一声,摇了摇头:"你这人呀,没救了。"

我得意地笑着说:"那是,我专拣'软柿子'捏嘛。"

曹路生学习好,脾气也好,我最放心把事情交给他了。就说那课堂笔记吧,他不仅字迹写得工整,而且翔实,有些老师没写的内容,他也会补充进去，比我自己记的不知强了多少倍。

二

体育课上，老师教了一组艺术体操的配合动作后，想请两个同学上来演示。

"老师，我来，还有曹路生。"我毛遂自荐。

"那好，就你们俩吧，请上来。"老师微笑说。

我大方地走到老师身旁，曹路生不愿意了，他红着脸支吾着："我——我还不会，换人吧！"

"换人？我是看好你才找你的。"我大大咧咧地说，笑倒了全班同学，连教我们体操课的老师也忍俊不禁。

曹路生满脸通红，在众人的哄笑中深深地低下头。

"曹路生，上来试试看，动作做不好也没有关系。男子汉，勇敢点儿！"

老师发话了，曹路生没办法，只得慢吞吞地走出队伍。我是急脾气，抓着他的衣袖就走。曹路生完全没准备，加上我用的力气大了点儿，他居然没站稳，一个趔趄倒在地上，我也被他带倒在地。

尖叫声、哄笑声四起，老师迅速走过来，一把拉起我，然后扶起曹路生。

"你们没事吧？有没有伤到什么地方？"

曹路生的脸像抹了红胭脂，垂下头一声不吭。

我瞟了他一眼，气呼呼地说："老师，你说，那么大一个人怎么就站不稳呢？"

一堂体操课就在大家的哄笑和喧哗中结束了。

三

"洪琪，你也太过分了吧？小心曹路生以后再也不理你了，你这不是让他无地自容吗？你又不是不知道，他明明就是体育白痴，只是学习好，脾气好。"放学的路上,婉媛又开始滔滔不绝地说教。

我挽着婉媛的手说:"今天在体育课上,完全是意外,他竟然被我拽倒了。看来曹路生不仅体育不灵,身体素质也太差了。他真的应该正视运动,有个好身体,以后做什么都行。只是学习好,就成书呆子了。"

婉媛看了看我,笑了笑,说:"不如换个思路,如果你能够经常'欺负'他一下,让他运动起来,那么我也考虑加入你的阵营。"

"没问题啊!"我搂住婉媛的肩膀,旁若无人地哈哈大笑。

"洪琪——"街道拐角处,突然闪出一个人来,我定睛一看,是曹路生。

"干吗呀?吓我吗?小路路,你是不是要报复我呀?"

曹路生的脸红了,他结结巴巴地说:"对不起,洪琪,我……我……我在体操课上,不是故意的。"

曹路生平时不结巴,只是一紧张,说话就不利索了。

见他这么尴尬,我也不忍心奚落他了,对他说:"没事的。不过,你确实要多锻炼身体,连我都能把你拽倒,这也太丢脸了。"

"嗯,你的意见我接受。"

曹路生一本正经说话的样子又逗得我和婉媛笑个不停,见我们笑,曹路生也跟着嘿嘿地笑起来。

四

"小路路,帮我把这几道题解一下,太难了,我不会。"自习课上,又遇见几道难题,我想了半天想不出来,于是又用笔捅了捅前排的曹路生,把习题集递给他。

曹路生脸红红的,不知怎么,这次他没有痛快地接受"任务"。犹豫片刻后,他对我说:"洪琪,我教你解吧。我帮你做,万一考试遇见类似的,你还是不会。"

"哪能那么倒霉,考试专门考我不会的?对不对?"面对我的狡辩,曹路生哑口无言了。

"教我们一起解吧，我也不会。"

关键时刻，婉媛捏了我一下，让我住嘴。然后她兴致勃勃地把习题集摊开，三颗脑袋凑在一块儿。

曹路生的解题思路很清晰，讲得也很清楚。听他讲完后，我和婉媛茅塞顿开。

"懂了吗？其实不难的。"曹路生说。

曹路生真不愧是尖子生，我绞尽脑汁都想不出来的题目，他简单几句话就搞定了。

"我们以后再遇见不会做的题，你教我们，可以吗？"婉媛问。

"可以，只要你们愿意学，我就愿意教。"曹路生真诚地说。

"打住！我还没同意呢？小路路，要不，我们定个'君子协议'吧，你教我们也是要花时间的，对不对？要不这样吧——"我故意停顿了一下，吊吊他们的胃口。

婉媛也不知道我要说什么，一脸疑惑地望着我。

"君子协议？"曹路生重复了一遍。

"嗯！"于是我把想法和盘托出，"你教我们解题，我们带着你锻炼，互相帮助。"

"好呀！我赞同。"婉媛立即点赞，曹路生也不好意思拒绝了。

身为行动派的婉媛马上掏出纸笔递给我，我不假思索，在纸上写下"君子协议"四个字，然后一条，二条，三条……洋洋洒洒地写了满满一张纸的细则。

"这样可以吧？大家有没有意见？如果没有，就这样定了。小路路，你字写得好，重抄一遍，然后我们三个人签上名字，这协议就算是生效了，以后要共同监督，严格执行。"

我像个谈判专家，步步为营，很顺利地把曹路生和我们绑在一块儿，以后我们就可以一起学习，一起锻炼了。至于婉媛嘛，她可是我的好闺蜜，会助我一臂之力的。

五

有了"君子协议",我可以光明正大地"欺负"曹路生了。每天一放学,我和婉媛就"押"着他一起去操场跑步。

我早为曹路生制订好了锻炼计划,毕竟他平时很少运动,运动量要逐渐增加,不能一次把他累垮了。

曹路生虽然不爱运动,但挺配合的,可能是"君子协议"的威力吧,我说的他都接受。

曹路生跑得慢,摇摇晃晃的,感觉随时要栽倒,我怕他真的跌倒,于是和婉媛一左一右护住他。

三个人齐步往前跑。可是才跑了两圈,也就八百米,曹路生就不行了,他气喘如牛,浑身是汗。

我看了他一眼,有点儿心疼他,但是又想想,锻炼身体就是要坚持,于是硬起心肠,继续往前跑。

又跑了半圈,我注意到曹路生的步伐越来越沉重,于是拉住他的手,说:"我们三个人一定要跑完三圈,可以吗?"

婉媛爽快地答应了,曹路生喘息未定,艰难地说"好"。我和婉媛一左一右拉住曹路生的手迎风奔跑。

跑到终点,曹路生快要瘫倒了,我一把扶住他,陪他走了一会儿。

"你真棒!小路路,你的能量超乎我的想象。"我和婉媛一起给他鼓劲。

曹路生在我和婉媛的"压迫"下天天坚持跑步,后来又去打球,他的配合让我再也找不到借口逃避学习。

有"君子协议"在手,曹路生在学习上就像个严格的小老师,他不仅制订了详细的学习计划,自己还捣鼓出了很多题型让我和婉媛练习。我偷懒时,他会严肃地说:"我跑不动时都努力坚持,你怎么能不遵守协议呢?"一句话讲得我无力争辩。

时间长了,我和婉媛都发现,和曹路生在一起还是挺开心的,因为我们可以一起变得更好。

  不知道多年以后,曹路生想起那个经常"欺负"他的女生,心中会是怎样的感觉。